李筱懿 著

情商是什么？

——关于生活智慧的44个故事

浙江出版联合集团
浙江文艺出版社

果麦文化 出品

序 / 情商从来不是“说话让别人舒服”

一、这本书有什么不同

从 2014 年到 2017 年，三年多的时间倏然而过，谢谢你陪我从《灵魂有香气的女子》，写到了第五本书《情商是什么》。

这是一本怎样的书？

六神磊磊说过一段有趣的话：为什么有些人看起来很好学，爱上各种讲座培训班，但好像没有什么用呢？因为她们学的不是知识，而是一堆道理。

道理通常长这样：你要相信不抛弃不放弃，就一定能成功；

知识通常长这样：大脑构筑一条新的神经通道需要 21 天，人的行为暗示经过 21 天以上的重复会形成习惯，90 天以上的重复，会形成稳定的习惯。

道理只告诉我们结果，知识却让人明白，怎样的时间表和路线图能帮助你达成结果。但是，无论道理还是知识都有点枯燥，经常读不动，需要加一点趣味和故事，我们才能读得明白、读得开心，从而记得住，也用得上。

所以，这是一本兼具知识性、实用性和趣味性的书。

我希望把这些年常用的情商知识点和管理学概念，变成能让人举一反三的故事和你分享，让你通过自己的理解和消化，迅速掌握要点，把它转化成自己的知识体系。

据说，故作高深的人讲道理，真正高深的人讲故事。这本书里，有很多耐读的故事。

二、会交际的美人，未必情商高

十几年前，我遇到过一个特别会吃饭的女人，大家叫她林主任，真是我见过现实中最美的人之一。她曾经是文艺兵，面貌精致、身材高挑，能歌善舞，确实“巧笑倩兮，美目盼兮，素以为绚兮”。说话语气语调恰到好处，嗓子里像含着一包糖，清甜却不油腻。她二十多岁当上办公室主任，负责企业各种接待和公关，在饭局上既会喝酒也会聊天，还能在精彩时唱歌助兴。很多和她吃过饭的女孩都把她看作偶像，觉得像她一样才算纵横捭阖、游刃有余，才是“情商高”。

但我明白她的才华我学不来，我做不到唱念做打样样俱全，我所能做的就是有礼有节，不过度热情也不冷淡，宾主尽兴就好，气氛未必多热烈。

因为工作原因，我和林主任再相逢已是若干年后。她成了资深熟女，我也不再是小女孩，但她还是办公室主任，依旧话术周全，擅长活跃气氛，满场飞舞地和男人攀交情，和女人开玩笑，纵情大笑时眼角浅浅的鱼尾纹像美人鱼的尾巴一般散开。

可是，她再也不是饭局上的NO.1，更美、更年轻、更开朗的女孩取代了她。女孩们娇艳洒脱，歌声悦耳，相比之下，林主任美人迟暮和强弩之末的颓势，让人心疼。

但是，她吞得下委屈弯得下腰，依旧很活跃，并没有冷场。

又美，又能低得下身段，确实是一种能力，但那不是情商。

因为腰弯得太久就直不起来了，姿态既不好看，也不合适，还未必达到效果，就像三十岁之后的女人，再拿性别和性感当优势，注定走不远。

林主任的职业，始于办公室主任，也基本止于办公室主任。说她“情商高”的人越来越少，更多的人评价她“爱交际”。

三、情商和聪明不一样

汉武帝的李夫人，据说是位高情商的女人。

李夫人是汉武帝的宠妃，重病中汉武帝来看她，她坚决不见，甚至皇帝许诺重金，她依旧不动心。身边人埋怨：“皇上因为喜欢你，才要见你一面，你为什么不答应呢？见了面，也好请他照顾你的儿子和兄长。”

李夫人说：“以色事人者，色衰而爱弛。如果他看到我现在的病容，就会厌恶我，还会照顾我的家人吗？”几天后，李夫人去世，如她所料，她拒绝见的那最后一面，不仅没有激怒汉武帝，反而激起了皇帝的无限遗憾和痛苦。他命令画师把她生前的形象画下来挂在甘泉宫，对她生的儿子钟爱有加，提拔她的哥哥李延年当大汉帝国音乐协会主席，并且把她另外一个一事无成总打败仗的哥哥李广利提拔成大将军。传说，汉乐府的著名诗篇《秋风辞》，就是武帝为怀念她而创作的：

秋风起兮白云飞，草木黄落兮雁南归。
兰有秀兮菊有芳，怀佳人兮不能忘。
泛楼船兮济汾河，横中流兮扬素波。

箫鼓鸣兮发棹歌，欢乐极兮哀情多。

少壮几时兮奈老何！

虽然汉武帝孤绝冷酷、喜怒难料，若干年后对犯了大罪的李氏家族进行了两次灭族行动，但李夫人最想保护的人，她与汉武帝所生的儿子昌邑王刘髆安然无恙。汉武帝只有六个儿子，但几乎占全了历史上所有皇子的遭遇：被废、早死、造反、暗中使绊子、争储等等，各有特色。相比之下，刘髆的结局算是不错。

重读这段历史，在无奈的局势下，李夫人确实情商不低。

她的情商不是一时的聪明，而是对自己和他人的性格与处境有明确的认知与清醒的判断，不图一时荣耀，明白长久的利弊。

她用“延迟满足”和“永失我爱”两种心理定式对待汉武帝，把家人安排妥当，只是她的家人缺少像她本人一样的睿智、才华和克制，没有站稳安全地带。

高情商和低情商，差别就是这么大。

四、情商从来不是“说话让人舒服”

情商比智商更重要吗？其实仁者见仁，智者见智。

情商未必更高级、影响更大，但智商更类似一种天分，后天个人再努力，都不会产生翻天覆地的变化；而情商接近本领和技能，通过不断的训练和改造，会有明显改善和提升。

我见过多种类型高情商的女人和男人，他们有些能把好话说得更自然悦耳，有的能把丑话说得更精准到位，有的和颜悦色从不失控却不软弱，有的能在关键时候得体地发火而不嚣张，还有的能在既方便自己也不损伤别人的情况下把复杂的事情办成。

所以，情商确实是个多面体，绝不仅限于通俗意义上的“让别人舒服”或者“让自己舒服”，这最多只是“情绪”。

在这本书里，我把情商设置了自知、自信、自控、自励等八个层面，每个层面用“画重点”来强调硬知识，用案例来解读具体使用情境，尽量用通俗的例子和身边的场景，把高深的问题具体化。

愿这是一本对你有用的书。

李筱懿

2017 年 10 月

目录 | contents

Chapter 01　自知情商

Chapter 02　自信情商

Chapter 03 自控情商

Chapter 04 自励情商

Chapter 05 表达力情商

Chapter 06 语 言 情 商

Chapter 07 社 交 情 商

Chapter 08 财 富 情 商

Chapter 01

自知情商

情商高的人，能管理好自己的情绪，也能敏锐捕捉到别人的情绪变化，
对情绪充满掌控力和分寸感，不仅让自己大方得体，
也给对方真诚舒适的感受。

情商是什么

情商高就是心态好、脾气好、长袖善舞、八面玲珑？

当然不是。

实际上，情商是一门综合学问，它涵盖了情绪、意志、耐受挫折等多方面的品质。在心理学家丹尼尔·戈尔曼（Daniel Goleman）提出的情商模型中，有五大要素：自我意识、控制情绪、自我激励、认知他人情绪、处理相互关系。可见，情商既包含如何对待别人，也包含如何对待自己。

可是，很多人对于“情商”都有三种经典误读。

1. 误读一：情商 = 人际交往能力和技巧，俗称“八面玲珑”

我们经常羡慕人际交往能力高超的人，觉得他们朋友多，路子广，情商也一定很高，可是情商并不等同于人际交往能力。

根据维基百科的定义，情商是察觉情绪存在、区分情绪类型、利用情绪信息来指导决策和行为的能力。

而人际交往能力是指妥善处理组织内外关系的能力，包括与周围环境建立广泛联系和对外界信息的吸收、转化能力，以及正确处理上下左右关系的能力。

由此可见，人际交往偏重于关系的处理。而情商，偏重于情绪的把控。这是两种有所重合但又不尽相同的能力。

民国时期上海滩的青帮头目杜月笙，从水果铺学徒，闯进十里洋场，进而成为中国近代史上极具传奇性的人物。对于军阀政客、社会名流，乃至金融界、文化界等三教九流，他都能够倾力结交，除了人际交往能力，他的情商也很高，待人接物不仅有技巧，而且更具备设身处地的同理心。

杜月笙有一位著名的律师朋友。有段时间，律师朋友的生活忽然变得很拮据，但他又很要面子，不肯轻易向朋友开口求援，但是，杜月笙还是辗转知道了这件事。

如果是常人可能会认为，朋友经济拮据，给予经济支持，借些钱也不用提还款时间，已经是情分。但是，杜月笙没有这么做。他非常了解律师朋友的心理，以朋友的自尊心，绝不会允许自己接受别人带有同情的借款。否则，这钱借得不仅没有缓解对方经济压力，反而增加了心理压力，落得双方都尴尬。

所以，杜月笙的方法是：高薪聘请律师朋友做自己的法律顾问，既让对方的才华有用武之地，也让高薪拿得顺理成章，还照顾了朋友的自尊心，避免了简单粗暴提供物质援助的难堪。

授人以鱼不如授人以渔，以一个合理的借口，既在朋友有难的时候伸出了援手，又维护了朋友的尊严。

这件事不仅体现出杜月笙的人际交往能力，而且更能看出他的情商，善用同理心站在别人的角度，把握对方的心理，照顾对方的情绪。

所以，简单地把情商归为八面玲珑的人际交往技巧是一种误读。人际交往技巧是行为准则，熟能生巧，甚至可以游刃有余地成为本能反应。而情商，是对自己和他人情绪的判断和梳理，根据对方的特点决定做事的方法，用恰当的方法照顾对方的情绪，这需要心里实实在在地装着别人，而不只是简单地运用人情世故。

2. 误读二：情商 = 会说话

有些文章在朋友圈刷屏，类似于《情商高，就是好好说话》《高情商的人都懂得说话让人舒服》等等，给人的错觉是，只要把话说好说周全，情商自然也就高了。

实际上，话术技巧只是情商的一部分，情商不只是会说话，而是运用合理语言，恰当表达态度，并且推动事务进展。因为不想得罪人而和稀泥，为了表面和谐而只挑别人爱听的话来讲，这些都不是真实的态度，不仅对做实事没有效果，还会让自己失去立场。

外交部代表国家维护主权、安全和利益，外交部新闻发言人的一言一行，都会被特别放大和解读，所以，每一次公开发言都是考验。既要言辞恰到好处，不逞强；又要合理表达态度，不示弱。有礼有节，不卑不亢。

新闻发言人傅莹，一头标志性的银色短发，戴着金丝边框圆镜面眼镜，温文尔雅，却立场坚定。她擅长在谈笑间化解危机，以柔克刚。在第52届慕尼黑安全会议举行的"中国与国际秩序"专场论坛上，傅莹被问到一个难题："中国是否对朝鲜失去了控制？"这种封闭式问题，无论回答"是"或者"不是"，都相当于间接承认中国干涉其他国家主权。

面对这么一个棘手问题，傅莹不改微笑地回答："这种用语很西方……中国不是这样想的，我们从不控制任何国家，我们也不想被控制。"

回答坚定、优雅又不失霸气。行为上从容应对，不失风度。语言上坚定表达了立场和态度：一方面，崇尚和平，所以"我们从不控制任何国家"；另一方面，捍卫自身主权，所以"我们也不想被控制"。这几句听起来简单的话，假如单凭圆融的话术只能做到有理有据，而高情商却能分清场景与利弊，做到有利有节。

所以，情商高不仅是会说话，更包括使用恰当的语言表达支持、反对、认同、抗议等真实的立场，推动事情进展。高情商并不是为了把话说动听，而是能够把事办妥当。

3. 误读三：情商 = 有心机 + 城府深

情商高的人，能管理好自己的情绪，也能敏锐捕捉到别人的情绪变化，对情绪充满掌控力和分寸感，不仅让自己大方得体，也给对方真诚舒适的感受。

有心机和城府深的人，则是为了达到某个目的，刻意隐藏真实情绪，甚至不惜造假，看上去理智，但往往口是心非，言行不一。

从利益和立意上看，城府与情商，差别巨大。

我们现在常说的“人设”和“套路”，基本上成了新时代的“心机”代名词，如同一个人戴着两副截然不同的面孔，为了达到目的，不惜戴上虚假的性格面具。

西汉末年的权臣王莽，后来篡夺政权建立“新朝”。在夺权之前，为了树立自己“恭、谦、公、仁、廉”的形象，不惜亲自逼杀亲生儿子。他的次子王获杀死一个家奴，按照当时的律法，缴纳罚金后可以免于死罪，但他要求儿子必须自杀谢罪，以显示自己的公正贤明。他把朝廷的赏赐全部送给部下，生活如同贫民，妻子也穿戴朴素，让人误以为是家里的女佣。听说她是王夫人之后，人们都惊讶而赞叹。然而，就是这个表面看来“君子”的权臣，伪装到时机成熟时，从当时的皇太后王政君手中抢走传国玉玺，废黜西汉皇帝，自立为皇帝，建立新莽政权。此前，王莽所有的伪装，都是为了迷惑对手。

“人设”这个词来源于编剧术语，意思是创造角色，赋予角色性格和个性。在心理学上，“人设”是指我们对于人际策略的选择，所以，人人都有人设，它并不是一个贬义词，但虚假的性格塑造是沉重的“人格面具”，和情商没有丝毫关系。

针对不同场景的需要，对自己的性格进行调整，从而更好地适应环境，也让别人感到舒适，才是情商高的的表现。

林志玲是公认的高情商，在娱乐圈这样复杂的环境中，一直形象得体。她上综艺节目基本零差评，不矫情不挑事，不因为受到刁难而和他人发生冲突，也不会因为环境差而罢工。凡是和男明星合影，林志玲都会用半蹲姿势，凡是节目里还有其他女嘉宾，林志玲基本都会穿平底鞋，并且刻意打扮得朴素一些。

有一次记者故意问她，孙红雷以前说过不会和她这样的花瓶合作，她怎么看？这种问题，怎么答都是得罪人，林志玲却说，我只会相信孙红雷大哥亲口对我说的话，我没听说过的，我都不信，而且他现在和我合作了，就是最好的证明，说明我的努力是有回报的。

知乎上有人提问，林志玲活得那么完美，照顾到所有人的情绪，不累吗？

获得点赞最多的回答是：“我们以为她很累，实际上是我们做不到，这对她而言不是装，只是深入骨髓的自然而已。”

这也是人设，但和王莽的人设不同的是：林志玲是用真诚在塑造自己的形象，用教养体察和照顾他人的情绪，而不仅仅只追求自己想要的结果。这才是真正的高情商，它源于性格深处的真诚和敏锐，而不是心机和城府。

画重点

在心理学家丹尼尔·戈尔曼提出的情商模型中，有五大要素：自我意识、控制情绪、自我激励、认知他人情绪、处理相互关系。

慢热型姑娘，未必输在爱情起跑线上

1. 不要心机，去找方法

A小姐是我话少而慢热的朋友。很意外，一个内向的姑娘居然通过“相亲”这样外向并且不被广大文艺女青年认同的方式，找到了合适的另一半。

我很想知道她是怎么做到的。

“我想找一个优秀的男人，于是像大多数有理想有追求、看过不少书的女人一样，努力把自己变成足以和他匹配的女人。结果，当我真的可以坦然面对我想要的那种男人时，却发现他们都已婚了，或者，他们并不需要我这样所谓优秀的女人，他们想要年轻、漂亮、简单的。

“好在我相信，这并不是全部，于是我接受了家人的相亲安排。我有个原则：先聊微信，熟悉之后觉得合适再见面。

“因为我秀气话少，不是引人注目的‘第一眼女人’，所以，贸然在彼此不了解的状况下相见不是好选择，但我细腻有趣，熟悉之后非常打动人。于是，我先和他在微信上聊起来。我观察了他的朋友圈，明白他的喜好，找一些容易回答的开放式话题，比如：今天忙了什么工作？最近的电影喜欢哪一部？去过哪些地方旅行？

“我掌握好聊天的节奏，既不过度频繁让人生厌，也不冷淡到让人备受冷落。冷热均衡的态度很快引起他的兴趣，我们更加深入地聊了新闻和共同认识的熟人。再然后，他主动提出见面，我没有立即满口答应，又休养了两天，达到自己最好的状态。

“第一次相会，我立刻感觉到了他的紧张和期待。经过前段时间的预热，我们不再像常规相亲一样坐下来摆条件，更类似老友会面，双方都很满意。我们的介绍人是我母亲的朋友，也是非常合适的引荐人，有些未必方便说出口的话，都可以放心交给这位阿姨周旋——既然已经相亲，就得调动好身边资源争取最好的结果不是？这不是心机，这是方法。

“我们的感情非常顺利，水到渠成，异常合拍。

“一年后，我们结了婚。”

2. 找准差异化优势

高晓松在《鱼羊野史》里讲过一个宫斗故事：

慈禧的老公咸丰皇帝能够从那么多皇子中胜出，并不是因为他先天条件有多好，而是他和他的团队特别善于分析自我，找准优势。

当时，道光皇帝的前三个儿子全部夭折，谁是四皇子，谁就是老大。虽然按照清朝的惯例，皇长子未必有绝对继承权，但皇帝年老，年长的皇子更有优势，为此咸丰的母亲特地吃了催生药，咸丰成了老大。遗憾的是咸丰由于早产，体质非常差，小时候把腿也给摔瘸了，甚至脸上还有麻子，外在形象毫无优势，就连他的父亲道光最喜欢的孩子都是六皇子，也就是后来的恭亲王奕䜣，眼看咸丰就要扎扎实实地输在起跑线上。

可是，老四咸丰的老师杜受田谋略过人，并且特别不信命；老六奕䜣的老师则是刻板方正的书生，只走寻常路，只读圣贤书。咸丰最终的胜出，很大程度上在于杜受田合理运用了取长补短的规则，帮助他在两个关键场合获得了道光皇帝的认可。

第一次是道光皇帝组织皇子们南苑打猎，考验大家的骑射功夫。杜受田对咸丰说：你啊，一箭不发，因为你射箭也比不过老六，不如不出手。果然，晚上检点猎物，老六最多，道光特别高兴，但是，咸丰什么都没打到也很奇怪，道光接着问老四："你怎么一个猎物都没有打着啊？"

咸丰说了这么一段话：现在正是春天，万物怀春，母兽即将产子，我怜惜这些动物，不想违天和，所以一箭不发。道光皇帝听完，非常高兴，认为四皇子有仁心。"仁厚"对于古代的帝王是非常高尚且难能可贵的品质，被作为选拔储君的重要标准。咸丰扬长避短，获得一次漂亮的加分。

咸丰的第二次胜出也很意外。

当时，年迈的道光皇帝把皇子们叫到面前，想了解他们各自的治国策略。杜受田再次提前叮嘱咸丰：皇上这次肯定要说自己老了，以后当然要靠你们。四皇子你的口才不如六皇子，一旦皇上说到自己老了，你也别接话，只管哭，避免与六皇子同台而衬托他的长处。果然像老师预料的那样，六皇子奕䜣回答得头头是道，但咸丰边哭边表达：只要想到父皇千古这件让人这么难过的事，就没办法考虑其他问题。

答案让道光皇帝非常感动。

从身份上说，道光既是皇帝也是父亲，他既希望看到能干的接班人，也盼望儿子对自己有孝心。这种复杂多变的心理被杜受田准确捕捉到，避开六皇子能言善辩的长处，发挥四皇子忠厚、孝顺的特点，再次反败为胜。

3. 没有绝对的优点和缺点

A小姐扭转了我对内向慢热型女人的成见。

她的"慢"不代表迟钝，不代表什么努力都不做，什么状况都不争取；她的"慢"只是没有热烈的包装、奔放的表达和夺人眼球的先机。可是，优点和缺点总是相生相长，表面上慢半拍的她，其实更了解自己和对方，更能够深思熟虑和周到待人。

即便在《非诚勿扰》这类相亲节目上，心动女生也不一定是话最多、表现欲最强的女人。能够轻易从人群中展露锋芒当然是优势，可是，恋爱是瞬间的打动，婚姻却是未来的长情，怎样在瞬间感动之后，磨合到合拍，走完一生的长情，其实慢热型女人在这方面有优势。

而聪明的女人，从来不拿自己的短处，去比较别人的长处，她们会找到自我最闪光的内核，默默把它擦得更亮。内向，就是一种深藏而稳定的力量。具备了A小姐的内秀、聪慧和执行力，谁说内向和慢热的姑娘就一定输在爱情的起跑线上？

同样，咸丰皇帝的老师杜受田运用了“错位”思考的策略，声东击西、扬长避短。哪有什么完美的人呢？别人细心，但你大局观强；别人口才好，但你观察力敏锐；别人爆发力强，但你耐力卓越。

情商不仅是把握与控制情绪的能力，更是理解他人和调整与他人相处方式的能力。变换角度，就有不同的结果，谁说厚道的人就一定要呆板地做事呢？

4. 懂得扬长避短

无论是我的朋友A小姐，还是咸丰皇帝，都很清楚“扬长避短”的含义，他们很清楚以下三点：

第一，跳出消极圈，用积极乐观的态度来提高自我满意度，逐步消除自卑情结。心理学调查表明，自卑情结以及过大的工作压力，容易让我们更倾向于关注当前环境中的消极因素。而乐观的积极心态培养起来并不难，记录你生活和工作中的点滴进步，认真收下别人的赞美，多留意自己的专长，多谈论让自己开心快乐的事，这些事情在我们心中的分量就会加重，你的情绪会变得开朗，不会再觉得自己一无是处。

第二，进行正确的定位和分析，发掘自我的核心优势。

两位美国学者——普拉哈拉德和哈默尔提出了“核心竞争力”的概念。它的贡献在于实现顾客最为关注的、核心的、根本的利益，而不仅仅是一些普通的、短期的好处。企业与个人的核心竞争力，都难以被竞争对手复制和模仿。

这个概念对于个人也同样适用。人贵有自知，找到自己独特的优点，把它作为自己的核心竞争力强化和发扬，你会成为优势越来越明显的人。

第三，培养自己的“错位”思考的能力。同事细心，但你大局观强；朋友口才好，但你观察力敏锐；别人爆发力强，但你耐力卓越。大家都听过“田忌赛马”的故事：

齐国的大将田忌，很喜欢赛马。他和齐威王把各自的马分成上、中、下三等，比赛的时候，上马对上马，中马对中马，下马对下马。可是，齐威王每个等级的马都比田忌的马强得多，所以比赛了几次，田忌都输了。

田忌的好朋友孙膑建议他改变策略，拿上等马对齐威王的中等马，中等马对下等马，下等马对好马。比赛的结果是三局两胜，当然是田忌赢了齐威王。

还是同样的马匹，还是同样的实力，只不过调整了出场顺序和心态，就转败为胜，你为什么不试试扬长避短呢？

画重点

美国学者普拉哈拉德和哈默尔提出了“核心竞争力”的概念，它的贡献在于实现顾客最为关注的、核心的、根本的利益，而不仅仅是一些普通的、短期的好处。企业与个人的核心竞争力，都难以被竞争对手复制和模仿。

打破完美光环，会露破绽的人更接地气

“我是一个完美主义者。”

假如你这样表达自己，画外音实际上包含了两层意思：第一，我对自己的要求很高；第二，我对别人的要求也不低。

对自己高标准严要求无可厚非，可“别人”并不容易掌控。完美的人并不像想象中那么受欢迎，因为他们自带玛丽苏和杰克苏光环，看上去无可挑剔，不露破绽，但相处起来却给人很大压力，不仅条条框框特别多，还会以“追求完美”为旗号，反复拖延，不停修改，多做无用功。

在心理学里，完美主义是一种人格特质和思维方式，它体现在做任何事情都力求达到尽善尽美，缺乏弹性和灵活性。具体表现有：苛求细节；充满智力和道德上的优越感；行事谨慎刻板，容易陷入思维定式；不能宽容失误；过分在意别人的评价，等等。

从以上可以看出，完美的人其实是个吃力不讨好的角色，他们并不偷懒，甚至非常勤快，却因为性格和行事风格过于精致、不接地气，让人无力喜欢、无法认同，非常不利于长远发展。

怎样巧妙地露出破绽，打破“完美”的僵局，获得认同感呢？提供三种参考方式：

1. 无关紧要的短板，但秀无妨

大家都说小米CEO雷军的英文是个槽点，但这个槽点还蛮可爱的。

在一次新品发布会上，雷军很随意地登上舞台，以我们最熟悉的英文打招呼方式向印度“米粉”问好——“How are you？”也不知是不是因为紧张，在问完好后，他脱口而出的竟然是：“I'm very happy to be in China……哦，错了！是India才对。”然后，雷军自嘲地笑了。

在随后两分多钟的时间里，雷军的英文句子都非常简单。而面对雷总的英文，印度的“米粉”们却表现得非常狂热，台下连续响起热烈的掌声和欢呼。讲英语的印度人毫不在意雷军不标准的口语，反而热情追捧，连带着小米的新产品在新德里发布会的1600张门票获得超过10000名印度人的申请。大批的印度“米粉”不顾正午时分的炎热，争先恐后地去参观新产品。

按照思维惯性，雷军作为金山和小米的老大，以及当年在武汉大学只用了两年时间就把四年课程全部修完的学霸，经历过无数次的演讲，见过万千大场面，显然不可能几句简单的问候英文都讲不好。以他的高智商和高情商，在印度发布会上说蹩脚的英文，是集自黑、卖萌、娱乐、站队于一身的非常聪明的“长线营销”。

长期以来，大家习惯认为技术产品发布会就应该具备像乔布斯那样严谨、细致、充满技术优越感的理工男风格，但雷军打破了这个思维定式。我们惊奇地发现，这么一个大BOSS，竟然和自己一样，说不好英语口语，语音甚至还不如自己好听，他的自黑和勇敢又让人觉得有趣和亲近。于是，我们很多人迅速被圈粉了，用自己的转发和评论为这次营销事件加油。

这就是巧妙展露破绽获得认同感最直观的例证。

在把握好核心能力的基础上，无关紧要的短板可以秀一秀，破绽只要露得可爱，就是加分项，会大大提高你的亲切度。

2. 善于示弱，寻求他人帮助

刘邦和刘备性格上有不少相似之处。

为什么萧何、韩信这些文韬武略的有识之士愿意帮助出身草莽的刘邦，而不去辅佐项羽这样的大英雄？为什么张飞、关羽这种叱咤疆场的豪杰聚拢在刘备身边，而不肯为更具帝王气魄的曹操效劳呢？除去很多客观原因，其中很重要的一点是：刘邦和刘备都是善于示弱的人，他们愿意放低自己的姿态，以一个有理想但还缺乏条件去实现的形象，激起他人的同情心，从而主动伸出援手，为他们排忧解难。

相反，项羽和曹操英雄气概爆棚，看上去似乎具备超能力，还霸气侧漏，让人畏惧。在这样的领导身边工作，下属们压力倍增，甚至提出的大多数建议都不如无所不能的领导。既然你能力强，你就多承担。完美而强势的人，获得援手的难度非常大，他们总觉得自己可以搞定一切，却不知不觉陷入了“完美困局”，操心、劳碌，很难获得帮助和分担。

在破除完美光环方面，可以学学刘邦和刘备，懂得示弱，善于寻求支持。过分要强在大多数情况下都是不招人喜欢的特质，而恰到好处的示弱，容易拉近心理距离，容易分解任务，也会在职场上相对减轻压力，获得更多认同感。

3. 说话接地气，放弃高高在上的拘谨姿态

言谈粗鲁、口无遮拦的特朗普当选美国总统，还一上任就刷爆社交网络，一举一动都被截成小视频，点击量超高，成为国家元首中的流量担当。

在这些视频里我们看到，大大咧咧的特朗普爱和各国领导人握手比手劲儿；在比利时的北约峰会上，他想张开双臂拥抱迎面走来的马克龙，却万万没想到后者无视了他，先去拥抱了默克尔；访问以色列，他下飞机时试图与身后的妻子梅兰娜牵手，又被妻子无情甩开。

这些小细节和小破绽，让人在可笑之余也感到亲切，和一般政治人物完美的微笑、恰当的举止反差巨大。

特朗普真实率性，甚至毫不掩饰地说自己基本不读书，知识来源几乎都是看电视；他也毫不避讳喜欢金钱和美女，冷不丁说几句风凉话，在Twitter上用未必恰当的言行维护女儿，怼回反对者，毫无偶像与政治包袱，就像身边的普通人。

特朗普各种出格的言论代表了大多数人内心里那个隐藏的本我，他说的每一句具有冒犯元素的言语，几乎都是我们平时在恼火愤怒时可能脱口而出的话，于是，这些看上去非常明显的缺点戳中了很多人的同理心。特朗普表面上暴露了缺点，实际上却给自己打造了接地气的风格，与竞争对手迥然不同，独树一帜。

显而易见，特朗普习惯性地夸大其词，可是，他的肆无忌惮让他看起来更像一个“率真”的总统候选人。在这个方面，他的竞争对手希拉里则显得太“假”了。从希拉里竞选团队透露出的邮件和信息显示，她几乎是在疯狂地、事无巨细地把自己“打造”成一个完美的总统候选人。

在人际交往中，同理心是非常关键的因素。360度无死角完美的人看起来不具备同理心，他们高高在上，脱离群众，别人不愿意和他们多沟通。甚至，从另一个角度看，大多数人会带有偏见感地认为，即便我和你沟通，你也未必能与我感同身受，理解我的烦恼和苦闷，没准我还会被嘲笑和无视。

久而久之，完美的人一方面被架上了神坛，贴上了“女神”或者“男神”的标签，另一方面实际上却被边缘化了。想一想那些讨人喜欢的女人和男人，谁没有破绽呢？林徽因的坏脾气、林志玲的娃娃音、杨幂的自黑体质，都和雷军、刘邦、特朗普一样，拉近了自己和大众的距离，有意无意破除了完美光环的障碍。

不想当完美的人，需要多关心周围人的话题，那些无伤大雅的抱怨，以及大家都普遍具有的烦恼，最能引起共鸣，比如：“年假不敢休”“工资撑不到月底就见光”“加班加到吐血”“爸妈又催着去相亲了”“小孩升学真头疼啊”，等等。这些常用的吐槽话题，与核心任务无关，就像“你吃了吗”“今天天气真好”一样安全无用，却是拉近人际距离的小窍门，即便你再优秀，也同样食人间烟火，一样有烦恼，有了这种相同性，还会害怕缺乏认同感吗？

画重点

完美主义是一种人格特质和思维方式，它体现在做任何事情都力求达到尽善尽美的地步，缺乏弹性和灵活性。

具体表现有：苛求细节；充满智力和道德上的优越感；行事谨慎刻板，容易陷入思维定式；不能宽容失误；过分在意别人的评价。

老板交代了一项“无法完成”的任务，怎么办

从《王牌特工》到《碟中谍》，再到《007》，大家都爱看主角挑战不可能的任务。但在实际工作中，这种“无法完成”的任务都令人望而却步，它可能超出了职责范围，可能迫于时间紧张难以完成，也可能工程浩大不在统筹能力之内……总之，这种任务看起来“不切实际”，但老板交办下来又不敢推卸，究竟应该怎么办？

职场中，我们并不是总能游刃有余、应付自如。调查显示，25.1%的人表示经常会遇到“不可能完成的任务”，64.9%的人表示偶尔会遇到。认为任务“不可能完成”的首要原因是个人能力不足，占到25.3%；其次是上司强人所难，占到15.8%；不在自己职责范围内和缺乏信心均占到14.9%，居于第三位；其他原因还包括时间不够、个人懒散、客户严苛等。

由此可见，这个“不可能完成的任务”得加上引号。首先要分析清楚，到底是任务真的不可能完成，还是没有找到解决的方法？到底是畏难心理在作祟，还是被上司高估了能力？

其实，我们可以把任务分成“看似无法完成”和“确实无法完成”两种，分别讨论解决方案。

1. 看似“无法完成”的任务：用任务分解法（WBS）各个击破

任务看似不可能完成，可能是误判了工作真正的目标，或者有畏难情

绪，甚至在心理上提升了它的难度。我们首先尝试通过任务分解法，化繁为简，各个击破。

任务分解法又叫工作分解结构（Work Breakdown Structure），简称WBS，跟因数分解是一个原理，就是把一个任务分解成若干项工作，形成完整的、可量化的步骤，再把一项项工作细分到每一天的日常生活中。

给每一个分解后的任务步骤规定具体的完成时间。因为比较大型的任务往往周期较长，通常无法及时收到反馈和激励，不容易坚持下去，所以必须设置较短的周期作为阶段性目标，让自己在执行当中看得清成果，每做一件事、每过一天都有接近目标的成就感。

最后，坚决执行分解过的任务。把分解后的任务写下来，附上开始和截止的时间，标注进度，以最直观的方式把握整个任务的进展情况，培养掌控感，这也是对抗拖延症的有效的办法之一。

总结一下，任务分解法就是把复杂抽象的任务分解细化为具体的、可执行、可操作的事项，然后依次各个击破，完成任务。

看似无法完成的任务就像一头大象，无从下手是因为没有把任务进行梳理和分解。掌握了这个方法，能够把思路规划清楚，量化完成情况，很容易估算出结果和成本，作为向上级报告任务完成情况的参考和工具。

2. 确实“无法完成”的任务：不说“我做不到”，明确“我能做什么”

职场的一个很重要的能力，不是任劳任怨，而是要学会“管理老板”。“管理老板”的含义不是对他发号施令，而是学会运用科学的方法、恰当的沟通，帮助老板明确你的能力范畴、擅长方向和提升可能，这样，他对你的预期就会比较合理化。

对于常规任务，我们尽全力完成，甚至超越老板的预期。无法完成的任务，更需要尽快说清楚。领导者通常管理很多人，关注点分散，有时仅凭一两件出色完成的工作就对你产生了过高的预期，以至于把难度超出你能力的任务交过来。这时，硬着头皮接受并不是最佳选择，在职场中完成任务并不等于负了责任，做完工作与结果优秀是两件事情。

所以，尽快与上级沟通，并不是简单粗暴地告诉他“这项任务我完不成”，而是列出完成方案，告诉上级凭借你一己之力，这项工作无法达到理想效果。比起你个人完不成任务，老板更在意的是工作的整体损失，这时，顺势提出你的解决方案供他参考，包括：更合适的人选、更合理的时间节点、额外需要的配合，等等。

另外，建议你不要完全退出任务，而是用谦虚积极的态度告诉上级，你有能力并且也希望承担这项任务中的某一部分。这种主动积极的处理方式，会让上级对你刮目相看，甚至会在未来给予更多的资源支持，而对于你自己，不仅没有推辞工作，还从中得到了学习和成长的机会。

3. 常常给自己设定“无法完成”的任务，就不再害怕“无法完成”

心理研究发现，总是向前看，关注自己距离目标还有多远的人，完成任务的可能性更高。他们把未完成的工作当作动力。相反，那些总盯着自己已经完成多少工作的人，则很容易懈怠，注意力经常分散。

Facebook CEO扎克伯格回母校哈佛大学做毕业典礼演讲时建议，每个人都要有自己的目标，要有完成更重要任务的计划。扎克伯格创建的Facebook是社交网站，这家公司的使命是把全球人类连接在一起，公司的各项经营包括他本人的行为，都是在这个大目标指引下运转。

在这个看似无法完成，或者说很难完成的大目标下，扎克伯格每年都会给自己定下年度目标：2009年，每天打领带去上班；2010年，学习中文；2011年，吃素；2012年，每天都亲手写代码；2013年，每天认识一个Facebook公司以外的朋友；2014年，每天写一封感谢信；2015年，每两周读一本书；2016年，跑365英里，并做出一个供家庭使用的人工智能助手。2017年他的年度计划则是，走遍美国所有州，与每个州的人交谈，了解他们在想什么，熟悉他们的生活方式。

这些年度目标都服务于扎克伯格为自己设定的总体目标：通过社交网络连接起每个人。他的每一个年度目标都方向一致，围绕了解多元文化、了解不同人的思想等，最终还是为了建立更广泛和便捷的社交网络。

任务分解能检验理想是否恰当，假如制定的大目标完全没法分解细化，其实是在告诉你：它太不现实，必须调整。化繁为简、化整为零之后，才能把空中楼阁的理想，分解成具体可操作的步骤，明确工作的方向。

所以，我们也要学会给自己设定一些看似无法完成的任务，然后拆解成日常可以重复练习和坚持的动作。目标明确之后，每天的工作更有意义，更容易坚持。坦率地说，很多工作看似无法完成，是因为挑战了人的舒适区，自我要求也不高。长期只做“容易完成的工作”，提升空间不大。恰当地挑战“不可能”，更有利于掌握新知识、新技能，在职场和生活中走得更远。

画重点

任务分解法又叫工作分解结构（Work Breakdown Structure），简称WBS，跟因数分解是一个原理，就是把一个任务分解成若干项工作，形成完整的、可量化的步骤，再把一项项工作细分到每一天的日常生活中。

办公室恋情，你真的准备好了吗

在一项2600人参与的问卷调查中，近三成的受访者承认自己经历过办公室恋情。这意味着：你身边十个同事中也许有三个曾经或正在经历办公室恋情，这是个非常高的概率。

但是，办公室恋情同时让我们的脑海里闪现一些与“危险”有关的词语，比如“隐婚”“外遇”“潜规则”，等等。办公室恋情处理起来并不简单，究竟应该怎样面对呢？

1. 办公室恋情的真相

无论恋爱对象是平级的同事还是上司，确定关系前的第一门必修课，叫做“尽职调查”——深入全面地了解对方的情况，其中包括：他是否真的是单身，是否直男，是否有上进心，是否品德良好，是否撩妹成性——千万不要觉得这是心理防范过度，如果不做好前期的信息了解，有可能会稀里糊涂陷入一段自己难以掌控的男女关系。

基本情况清楚之后，不妨问问自己，两人究竟是出于真情流露彼此吸引，还是仅仅因为接触频繁耐不住寂寞？

上世纪60年代，美国心理学家瓦特·米伽尔做了一个“糖果实验”：给一些四岁小孩每人一颗软糖，告诉他们如果马上吃掉，则只能吃一颗；

如果等二十分钟，就能吃两颗。有些孩子急不可待，马上把糖吃掉了；另一些孩子却能等待二十分钟，为了使自己耐住性子，他们闭上眼睛不看糖，或者头枕双臂、自言自语、唱歌，有的甚至睡着了……他们最终如愿吃到了两颗糖。这个实验对孩子们进行了长期的访问，那些在几岁时吃到两颗糖的孩子，到了青少年时期依然能够等待，不急于求成；而经不起诱惑只吃了一颗糖的孩子，在青少年时期更容易固执、羞怯、退缩。

这就是我们所说的“延迟满足”，也就是忍耐——为了追求更大的目标，获得更大的享受，克制自己的欲望，放弃眼前的诱惑。“延迟满足”不是单纯地让孩子学会等待，也不是一味地压制他们的欲望，更不是让孩子“只经历风雨而不见彩虹”，说到底，它是一种克服当前的困难情境而力求获得长远利益的能力。

或许你刚毕业初入职场就遇到了指点迷津的人；或许被上司批评之后有人几句点拨开解温暖了你；或许独在异乡为异客的你，遇到了一起吃饭聊得来的人；又或许在杀伐决断的职场上他和你配合默契。经不起这些小小甜蜜的你，就像糖果实验里架不住诱惑的孩子。有时候，耐住性子多等等并不是坏事，就算等不来第二颗糖，至少也没有大的损失。

可是，如果不对所处的职场环境和对方的状况做充分了解，就一头扎进办公室恋情中，很可能事情的发展会超越你的想象。《欢乐颂》中的邱莹莹，在和白渣男恋爱前如果稍微多了解一些必要信息，就不会受到之后的伤害。

2. 什么样的办公室恋情更容易修成正果

社会心理学家罗伯特·斯坦伯格提出过一个有名的爱情三角理论，认为爱情由三个基本成分组成：激情、亲密和承诺。激情是爱情中情绪上的着迷；亲密是爱情关系中的温暖体验；承诺则是维持关系的期许或担保。办公室恋情与生活重叠度高，容易厌倦，关系往往会很快停滞不前，不容易产生激情，也不愿轻许承诺。除此之外，不平等的薪水、职场成就的高低都可能会让另一方最终心理失衡——这些都是你将要面对的现实。

而在一项61432人参与的调研中，有20.4%的被访者表示公司口头规定禁止办公室恋爱，9.8%的人表示公司制度里有相关的限制条款。另外，超四成人会为办公室恋情辞职换工作，一旦发展成功，他们中至少有一人会全身而退。这说明办公室恋情极大地影响着当事人双方的职业规划。而在事业的上升期，不是所有情侣都愿意牺牲职业生涯。如果频繁发生争吵、时常感到挫败，那就表明需要在恋爱和工作中做出调整。

办公室恋情还常使你混淆职场和家庭的界限。我们很难同时保持工作拍档与恋人的角色，或者说很难在这两个角色之间切换自如。当情侣或者夫妻两人从事相同领域的工作、效力于同一家公司、居住在同一屋檐下，很难区分职场和家庭的边界。如果你的恋人是部门负责人，而你是普通员工，当人们对你赞叹时，他们也会掂量一下，自己赞美的是领导夫人，还是公司同事？遇到人员调整或者项目变动，其他人也难免会怀疑这里面有你跨越岗位献言献策的成分。

时间久了，爱情或婚姻中的双方难免遇到各种猜测和流言：你的晋升可能被迅速归结于“靠人上位”；你的平常可能被讽刺为能力太差；即便努力与实力兼备，你依旧很难被公平评价。这种低效又虐心的环境，并不好受。

3. 假如恋情失败，怎样收拾局面

接着前面的调研，43.8%的人表示不支持办公室恋情，最重要的原因是担心失败之后无力收场，对工作造成不良影响；64.5%的人表示身边的办公室恋情基本以失败告终，能携手走入婚姻殿堂的很少。

假如恋情终结，首先要确保自己能化解难过、失落等一系列分手之后的负面情绪，不影响工作；其次，在公务中面对曾经最亲密的人，能受得起尴尬，面不改色地继续合作；最后，需要准备合理的说辞应对同事的询问，并且做好被谈论的心理准备——很可能相当长一段时间里，你的失恋经历会成为公司里其他办公室恋人的反面教材。

假如分手对象是你的上司，情况更复杂一些。由于职位的悬殊，在以后工作中很难做到真正客观公允。比如，一些原本属于你，或者凭借你的实力能够拿到的机会，上司可能会考虑到避嫌而改派他人。

邓文迪和默多克在一起时，舆论非常关注她究竟靠什么上位，甚至不认为她的耶鲁大学MBA学位有什么了不起；离婚后，很多人热烈议论她将被如何扫地出门，如何面目可憎；直到她传出新的恋情，舆论还是众口一词地评价她是在“报复前夫”。

挨过足够长的时间之后，人们才承认，这是个自己就能活得精彩的女人。强大如邓文迪，自然可以对外界评论一笑置之，但是，绝大多数普通女人确定自己能处理好分手后的各种问题吗?

可是，办公室恋情也并不是像洪水猛兽一样可怕，充分了解利弊，有助于我们客观判断。

在牛人辈出的常春藤名校斯坦福大学，有13%的老师和自己的同事结

婚。斯坦福大学科学历史学家希宾格研究过很多学术界的夫妻，她说：“和自己的伴侣在同一个地方上班的好处就是他能够深度理解你工作的喜悦、诉求和难处，同时在苦闷的时候，有一个随时都在的倾听者。”希宾格教授的丈夫罗伯特也是斯坦福的科学历史学家。罗伯特表示，相同职业的情侣和夫妻还可以营造团队氛围，他们会一起进步，庆祝对方的成功，为彼此在职场取得的成就喝彩。

所以，我总结了一些办公室恋情的原则和方法，分享给大家。

1. 选择是否公开恋情，取决于两个人共同的职场规划和内心承受力，但是，反对隐婚——不仅不诚信，反而会让双方陷入更多的危险和诱惑。

2. 在家里不要谈工作，在工作中不要谈家事。

3. 当另一半在工作当中取得成绩的时候，由衷地为他高兴。

4. 在工作之外，适当多一些个人空间，有利于保持新鲜感。

事业爱情双丰收，是女性的梦想。职场需要我们以成年人思维做选择，对所处的环境充分了解，对自己的选择全权负责，这才是双丰收的前提。

画重点

延迟满足是指一种甘愿为更有价值的长远结果而放弃眼前即时满足的选择取向，和在等待过程中展示的自我控制能力，是个体完成各种任务、协调人际关系、成功适应社会的必要条件。

用标签化方法确定自己的职场“人设”

生活中大大咧咧的人，总会被原谅有口无心；严谨细致的人，别人会理解他的敏感和较真；在一群西装革履的人当中，如果穿着T恤牛仔裤的那个是名程序员，我们就不会觉得怪异；经常请假并且完不成任务的同事，如果是关系户，大多数人就会觉得正常。

为什么呢？因为这就是被标签化的职场人设。

人设由来已久，古人就常用一些标签来界定不同人物的性格类型，比如：君子不器、仁者不忧。司马迁在《史记》里，已经开始用标签给相同类型的人分类了，比如游侠、酷吏，这就是古代的物以类聚，人以群分。

在被标签化的时代里，“人设”这个概念，对于生活和职业有着不可忽视的作用。标签化是将某个特定的人定型化或者归入某一类，而不是把他当作一个独特的个体。标签化的便利在于能够辅助认知，提高人际交往的效率，节省沟通成本。

“人设”则是漫画里的术语，包括人物造型、服装样式、神情个性等。简单来说，职场人设体现了你是什么样的人和你想成为什么样的人，标签体现你的价值和核心竞争力。

1. 明确自己是什么样的人，筛选有效标签，初步确立职场人设

大约有22%的职场人认为自己的职业定位模糊。

造成职业定位模糊的原因在于：很多人是什么感兴趣就做什么，缺乏对于优势的发掘和正确认识。还有人表示不知道自己有什么优势，好像哪方面都不太突出。

那么如何精准地进行职业定位呢？以下有三个问题，来帮你明确职业定位。

第一个问题，生活中你花大量时间在做的事情是什么，总结出在这个过程中你积累的核心能力。比如你花了大量时间看电视剧，但如果你不够了解制作过程，仅作为消遣娱乐来看，那这就是一项偏享受类型的活动。相反，如果你本身从事影视行业，那么阅片量就可以作为核心能力的积累。

第二个问题，工作中你花大量时间在做什么，并总结在此过程中你积累的核心能力。比如你在外企从事公关工作，那么你的核心能力应该包括协调维护公共关系、策划组织公关活动。

第三个问题，结合上述两个方面，生活和工作中积累的核心能力重合的部分，就是最适合你的职业定位。

根据职业定位，筛选属于自己的标签。标签的设置要合情合理。比如，一个性格内向的人，就别费劲地给自己贴“活泼开朗”的标签了，可以是“踏实勤勉”“认真靠谱”之类。

标签化的职业人设很像游戏里的“打怪升级”，需要花时间，通过事情来证明自己确实与标签一致。你给自己贴上“好学”的标签，至少要做到多看书，多问问题；贴了“可靠”标签，就要保质保量地完成任务；“热情”的标签下，你得常常微笑，主动打招呼。用事件来锻炼自己，由一些简单的“词语型标签”，过渡到能够证明能力的“事件型标签”。类似“某某行业峰会就是她统筹的”这样的具体事件，才是能让你与众不同、变得更有分量的标签。

明确你是什么样的人，要对职业定位进行合理评估，预判能力范围。标签是你自身特质的体现，这一部分的职场人设是现阶段的你已经达到的水平。

2. 利用标签的“自证预言”功能，达到预期目标，实现理想的职场人设

自证预言是由美国社会学家罗伯特·默顿提出的一种社会心理学现象。它指的是人们先入为主的判断，无论是不是正确，都或多或少影响到行为，甚至，这个判断最后真的能够实现。心理学上有一个著名的实验，让学生们做测试，随机分组，抽取一组，告诉他们测试结果表明他们的智商比其他组的都要高，一段时间之后，这组学生的成绩和平时表现真的都优于其他组学生。

当你有强烈心理预期的时候，这种预期会筛选我们接收到的外界信号，并把不符合预期的信息自动过滤掉，从而更容易强化和塑造我们的行为去接近预期——这就是职场人设积极暗示方法的心理学依据。

职场人设应该包含我们对自己的心理预期、职业规划和未来方向。你期望自己成为哪种人，就给自己贴上哪种标签，再用重复的行动去佐证这个标签，假以时日，它就会真的变成你职场人设的一部分。

我们来看看马云是怎么通过标签的“自证”效应来达到预期目标的。

在创业之前，马云是一名出色的教师，但他清楚教学并不是长期职业规划。后来，他在国家经贸委工作学习了一段时间，又参加了亚洲电子商务大会，迅速找到了适合自己的职场人设，那就是互联网从业者，于是他

开始了自己的创业历程。

马云常说自己性格非常外向，热爱接受挑战。他甚至还会表达一些在外界看来是“狂妄之词”的言论，比如“2004年，我们要实现每天利润100万；2005年，我们要每天缴税100万”，他还说过“阿里巴巴将是贸易的代名词”！

这些话在当时产生过巨大的轰动效应，也使人们把马云定义为有野心的、狂妄的企业家。事实上，在工作和生活中，马云是一个非常理性的处女座。他给自己贴了这些看似疯狂的标签（更类似于心理暗示和心理预期），找到“从前”和“现在”的核心关系和目标，并且向着这个目标努力，最终实现它。

你想成为什么样的人，就要做相应的职业规划和梳理。这一部分的职场人设，是现阶段未完成的，也是你未来努力的方向。标签可以起到自我暗示的作用，从而实现理想的职场人设。

3. 配合职场需求，去调整标签和职场人设，才能优化成长

职场的“成长期”是一个持续的过程。刚进入职场，想的是站稳脚跟，和同事建立良好关系；等到较稳定的时期，就会偏重于寻求更大发展空间、更多突破。在职业生涯的不同时期，你的标签和职场人设都应该有所变化。有时候它和你最近密切接触的人有关，有时候和你看的书有关，这些变化意味着你开始积极配合职场需求，进入了一个上行通道。

比方说“好学”“勤奋”这类标签，常常是给新人使用的。

大多职场新人，首先希望给人留下好印象，言谈间可以常常请教同事和上级问题；平时也带着记事本，随时记下有用的信息；并且经常阅读，把看书作为生活中重要的业余爱好。职场小白时期，很难快速做出成绩，

同事和上级都是用“观察”来给你贴标签。这时，就需要你让自己的特点“可视化”。简单来说，你想让别人给你贴上什么标签，你就要去做符合这个标签的事情。就好比“好学”这个标签，要做的就是多问、做笔记、看书。这些都是实实在在的积累，而不是装样子。装样子持续不了多久，人设就会崩塌。

如果你已经是位职场高手，可以考虑一下：在你做过的工作中，是不是有值得骄傲的经典案例？别人在讨论这些经典案例的时候，对你做出的评价就是你的标签。你希望自己能够匹配更高级别的标签和人设，就需要学习更多技能，完成更有难度的事情。

同一时期的职场人设，也可以不尽相同。比如：与老板相处，你是“核心员工”；与同事相处，你是“项目担当”；与客户相处，你是“专业人才”——这就是人设的多维化。除此之外，标签的差异化也非常重要。在高科技企业，除了和大家一样会写代码，穿着圆领T恤衫，假如你还“文章写得好”，甚至“歌唱得不错”，这些特别的技能，决定了你会成为脱颖而出的员工。

画重点

标签化，是将某个特定的人定型化或者归入某一类，而不是把他当作一个独特的个体。标签化的便利在于能够辅助认知，提高人际交往的效率，节省沟通成本。

人设，原本是漫画里的术语，包括人物造型、服装样式、神情个性等。简单来说，职场人设体现了你是什么样的人和你想成为什么样的人，标签体现你的价值和核心竞争力。

Chapter 02

自 信 情 商

不强求别人，先达到自己最好的状态；在多重身份中保持个人的独特性。

你是年轻的“老”女人吗

有这样两类女性：一类观念陈旧，话题局限，通常围绕老公升职、孩子补习、买菜做饭、家长里短；另一类，衣着得体，思路清晰，业余时间有爱好，好奇心强，总是不断探索，神采奕奕。

这两类女性很可能年纪相仿，但前者看起来就是比后者“老态”，具备“妇女感”的气质——斤斤计较的势利和缺乏向往的浑浊，看上去不再清澈。

两种状态很难单纯用对错衡量，只是设身处地考虑，绝大多数女性恐怕都更渴望年轻的状态，在生活中获得更多好评，在工作中得到更多机会。

女性的这种老态与妇女感究竟来源于哪里?

1. 捆绑式的关系和思维层次的局限

刘慈欣在《三体》里提出了一个科幻概念，叫“降维攻击”，简单来说就是高级生物对抗低级生物，基本百发百中。

所谓的高等生物，自我更新能力强，自身不断升级，尤其在思维层面，看世界的方式带来全方位的差异。

妇女感和少女感的重要区别，来源于婚恋观思维层次的差异。

约旦王后亚辛·拉尼娅是全球最年轻的王后，被誉为“阿拉伯世界的戴安娜”，她被《你好》杂志评选为2003年最优雅女性，被美国CNN网站评为

“最能激励人心的世界领袖”，还成为美国《时代周刊》的封面人物。拉尼娅是时尚界的宠儿，出席时尚派对，就连老佛爷卡尔·拉格斐也对她另眼相看。意大利著名服装设计师瓦伦蒂诺曾说，拉尼娅是“世界上最美丽最高贵的女性”。

难得的是，拉尼娅除了美丽和时尚，还具备过人的政治头脑和自我规划——她接受过良好教育，对于“王子和公主从此幸福地生活在一起”这样的王室婚姻模式并不感兴趣，她不愿只当丈夫身边的花瓶和陪衬。

婚后，拉尼娅迅速投身于妇权保护的工作中，成立了援助受虐儿童的专门机构，亲自担任儿童权利辩护人，她遍访了全国的城镇乡村，同时，她是第一个把互联网教育引入中东的人。

她与一群掌握着世界经济命脉的商业巨头共同出席高端论坛，在唇枪舌剑中毫无惧色、条理清晰地发表观点，大家为她的才华和魅力所折服，而不是仅仅向“王后”这个身份屈尊。她甚至走进游行队伍，抗议以色列军事行动，还带领全国人民集体献血。

拉尼娅扮演了社会活动家的角色，用自己的力量打破了西方媒体对阿拉伯女性的传统印象，也刷新了世界对于独立新女性的另一种认知——明明可以背靠王室，只负责貌美如花，却偏要靠才华。

2004年2月出版的美国《时代周刊》对拉尼娅做了这样的评价：

1970年出生于科威特的拉尼娅已悄然成为约旦政治变革的“代言人”，她正以个人力量改变着约旦乃至整个中东。在其他阿拉伯妇女还不愿公开“露脸”时，拉尼娅运用自己特殊的身份与能量积极推动着约旦的社会改革。

拉尼娅自己则说：“我尝试不去认真看待任何一种赞扬，因为人们对你的美貌或者名望的赞扬是转瞬即逝的。当你老了，你会问自己：我做过什么？这才能让你真正满足，而不是浅薄地担心别人怎样看你。”

她不停探索各种可能性，不给自己的身份设限。这种“合伙人”式的婚姻模式，各自独立却又共同成长，比以往捆绑式的关系更有弹性。

而衰老和妇女感恰恰来源于捆绑式的关系和思维层次的局限——很多女性意识不到即使父母、夫妻、子女这样固定的关系也可以不停提升层次，希望以依附他人、屈从他人意见的方式获得对方的认同感，不敢走出舒适区，因此，无论在生活、爱情还是婚姻中都很容易失去自我。

2. 忽视自我管理，理直气壮地自毁形象

2018年流行色电光紫（Ultra Violet）才刚刚公布出来，英国女王就已经把这个颜色的大衣，和同色系丝巾穿戴起来了，并且驾驭得相当好。

91岁的女王，被拍到在伦敦寒冷的冬天里光腿穿着套裙，一如既往地拼，尽力维护几十年来“时尚Icon”的头衔，对自己的形象管理从未懈怠过的伊丽莎白二世，除了在公众视野中的亮相，平时也非常注重自律和保养。

首先，她对服装要求严格，有固定的穿衣风格和喜好，不做多余无谓的尝试，比如A字大衣，过膝裙子，亮丽的颜色，这些都是女王的显著标志。

其次，配饰多样，但手袋和鞋子以黑色为主。包内最常带的东西有：薄荷糖、口红、镜子、老花镜和钢笔。便于补妆，也便于工作。

第三，生活中严格的自我管理。女王平时饮食清淡，量少而精，午晚餐会严控碳水化合物的摄入。另外，还会搭配一些运动。

媒体曾经评价她的生活方式像一个农妇，因为她会保证让自己晚上十一点左右上床休息，如果有晚宴，也要提早离开。

除了饮食作息规律，女王还热爱运动，比如骑马。

自律，是让女王保持风采的重要原因，91岁高龄的女王，出现在媒体镜头前依然美丽、端庄，甚至还略带娇俏。很多年轻女性却忽视自身管理，无法做到这一点。

不管你的衣帽间大不大，自身条件好不好，让自己秩序井然，形象体面，都是一件重要的事情。

经济学家丹尼尔·哈默梅什在他的书《为什么美丽的人更成功》里提到：在所有男性和女性中，外形漂亮的人，要比相貌普通的人多赚3-8%；就女性而言，形象出众的女性，要比形象普通的女性收入高11%。

心理学上有一个“七秒钟理论”，人与人的彼此印象和好恶，决定于见面的最初七秒钟。为了这几秒钟，往往要花很多工夫来内外兼修，而外表和衣着，有时候就是女性柔软的盔甲和战袍。

3. 恐惧年龄增长，拒绝未知，放弃成长

“生于1992年的人已经进入中年危机了”“女性过了二十八岁颜值就开始下降”，这些言论让很多人焦虑。可是，大多数女性妇女感的来源不是因为年龄增长，而是在年龄增长的过程中，个人技能毫无提升，知识严重老化，被动地接受一切境遇。

居住在美国纽约州威斯敏斯特县的道·波尔琼·林茨颠覆了迟暮老人的普遍形象。今年九十八岁的林茨是一名瑜伽教练，练习瑜伽超过七十年，晚年依旧轻盈灵活。

由于从小生活在印度，她很早就对瑜伽兴趣浓厚，但当时的瑜伽老师却告诉她，这并不是一项女性可以胜任的运动。在林茨的再三恳求下，老师才同意通融，让她和一群男生一起练习瑜伽。

对林茨来说，瑜伽不仅是一项运动，还意味着选择，以及更多的可能性。在残酷的第二次世界大战期间，瑜伽让她内心平静，从心底战胜恐惧，决心成为专业瑜伽教练。为了这个梦想，她前后二十六次前往印度拜师修炼。

在常规思维里，瑜伽属于年轻人，老年人几乎是绝缘体，可林茨打破了这个思维定式。她没有被年龄束缚，根据自己的身体条件创造了属于个人的奇迹。她认为没有“做不到”，只有“是否去做”，以及多做一分多收获一分的坚持。

别人的五十岁，基本退休；林茨的五十岁，在印度、法国、美国成立了多个舞蹈教学机构。她依然像少女一样精气神十足，把自信乐观的信念传递给学生，告诉年轻人不要消极受困于年龄，要在了解自己的前提下寻求突破。

如今，她已教学五十多年，面对镜头，依然能够笑盈盈地摆出各种高难度动作。她说：“看看周围的树。树的年龄是几百岁。看起来它们像是走向死亡，其实，它们正在循环着自己的生命。”

八十岁之后，林茨跳起了交际舞，获得了国内外五百多项交际舞比赛一等奖。她的轻盈优雅，丝毫不输身边比她小几十岁的舞伴。林茨说，“你可以叫我奶奶，但我知道，我内心还是个小姑娘”。

妇女感与年龄并没有绝对的关系。

有些人在最具青春活力的二十岁，已过得老气横秋。她们的妇女感，并不因为衰老，而来自一切都要算计清楚，生怕少了自己一亩三分地利益的世故和势利。

有的人活了一辈子，她的少女心深深地隐藏在每一条皱纹里，而并不仅仅在胶原蛋白丰富的脸颊上。

画重点

经济学家丹尼尔·哈默梅什在《为什么美丽的人更成功》这本书里提到：在所有男性和女性中，外形漂亮的人，要比相貌普通的人多赚3%—8%；就女性而言，形象出众的女性，要比形象普通的女性收入高11%。

心理学的“七秒钟理论”表明，人与人的彼此印象和好恶，决定于见面的最初七秒钟。

什么该争，什么不该争

很多名人名言和名著都在告诫女性，做人要宽容，不要计较眼前得失。

可是，在资源有限、机会有限的社会里，“争”是一种必然现象。更何况，大多数职场人，都是从“残酷到没朋友”的应试教育系统中走出来的，竞争意识非常强。

我们怎样才能做到既维护自己的权益，又不至于急功近利，该争取的不放弃，不该计较的不挂心呢？

1. 不与领导争对错

虽然“直接沟通”已成为越来越多的企业推崇的职场文化，但方式“直接”并不意味着内容“直白”。在《杜拉拉升职记2》里，小区销售经理张凯由于太过较真儿，跟上司产生了言语冲突，来找杜拉拉诉苦。身为HR经理的杜拉拉劝他：“你为什么不正面表述自己的愿望呢，谁会爱听你像个怨妇一样抱怨？更别说老板了。闹到最后，活你也干了，老板也让你给得罪了。”

这话没错，和老板沟通，不需要面面俱到，不需要肝胆相照，甚至不需要动之以情、晓之以理——因为老板不是挚友，不是恩师，“实话”很可能成为他们眼中的“傻话”。

《射雕英雄传》里的郭靖就很明白这个道理。

郭靖一生有很多师父，比如江南七怪、洪七公、周伯通等，每一个师父都对他倾囊相授，教他武功也教他做人。正是因为有这么多师父的辅佐，才成就了融合“九阴真经”“降龙十八掌”和“左右互搏”三大盖世武功的郭靖。

能与强者同行的人，多半也有过人之处。郭靖的过人之处，不仅在于勤奋好学，更在于他深谙与上级的相处之道。郭靖经常受到师父们的训斥，但他没有怨言，也从不争对错。在整本《射雕英雄传》里，竟然没有郭靖抱怨的内容，这是一个难得的品质。在职场中，不抱怨有很多好处，既不会跟上级发生直接冲突，也不会给别人留下话柄。

可是，真正事关重要的对错，该不该争呢？

与领导争辩通常有三种结果：如果你的沟通和协作能力超群，既能保住领导的面子，又能把事情向正确的方向引导，这是最好的结果。其次，领导屈尊听了你的，工作正常开展，但由于你的不留情面，难保某些领导可能不再考虑重用你。最差的结果，是你既得罪了领导，又影响了工作的正常进行。

职场中最忌讳的不是缺乏才华与能力，而是不知道老板要什么。所以无论职场“小白”还是“老司机”，首先要读懂老板的心思——即便你明白对错，也最好不要公开唱反调。就像本杰明·富兰克林说的：如果你老是抬杠、反驳，也许偶尔能获胜，但那只是空洞的胜利，因为你永远得不到对方的好感。

2. 不与同事争聪明

每一届的美国大选都堪称是一部激烈的职场大片。2012年，经过数月的激战，终于以奥巴马的连任和罗姆尼的失败宣布结束。

回顾这场大选，罗姆尼自始至终没有放过任何一个批评奥巴马的机会，猛力抨击他的弊政。在发表演说的时候，他再三讽刺奥巴马治国无方，导致美国“一直在后退”，还声称奥巴马出台的医疗政策是史上最糟糕的公共政策，并直言奥巴马昏庸无能，难成大器。

而奥巴马在发言时就温柔很多，他虽然也对罗姆尼家族的活动提出了批评，但基本上对事不对人，并且不忘肯定他们家族的成就，客观公允，技高一筹。

罗姆尼的不当言论引发了美国民众的不满，也为自己丢掉了不少印象分，最终无缘总统的职位。

每位职场人都应当记住，别在和同事竞争时失去理性和风度，全盘否定对方的成绩，要力求公平、合理地评估对方的能力，并制定适合自己的竞争方案，才能确保稳中求胜。

3. 不与下级争功劳

英国19世纪政治家查士德·斐尔爵士对他的儿子有这样的忠告：“如果可能的话，要比别人聪明，但不要告诉人家你比他更聪明。”

一个人在职场攀升到了一定高度和位置，必然有自己的过人之处，至少比其他员工更能胜任高难度工作。很多领导者有了职权就有了气势，抢功推过更是家常便饭，功劳全是因为自己指挥得好，过错全是员工不得力的原因，过分强调自己作为领导的业绩，结果往往适得其反，并未获得尊重。

如果你已经拥有自己的小团队，或是做到了负责人的岗位，礼贤下士和推功揽过都是必修课。从表面上看，这似乎有所损失，放弃了一些现实利益，但你的“貌似损失”却换来员工的“实质惊喜”，也换来职场上最宝贵的资源——机会。这不仅有助于和公司同事或下属形成互相信任、支持、谅解的心理环境，还有助于形成互相激励、推动的向上力量。

4. 不与同性争才貌

有人的地方就有江湖，有女性的地方就有比较。女性要在职场上赢得漂亮，确实需要一点技巧。

女性多的地方，逃不开一个“比”字，比美貌、比家境、比品味。拥有特别的强项，就得在其他方面相应地示弱，才能中和。你样样都强，那就得懂得收敛。如果任由自己胜利者的气场散发，高冷久了，总会有些看不惯的人抱团取暖，一人之身很难抵御众人攻击。

怎样在同性中间学会蛰伏呢？十七岁的甄嬛做得很到位。这一年，她以秀女身份入宫，因为不谙世事而任由天真活泼、爱交朋友的个性外露，与沈眉庄、安陵容结成了一派，但由于天资聪颖、气质出众，在皇后和华妃两派之间频频被打压。她很快学会了保护自己，把才华和舞艺全部隐藏起来。不仅如此，我们不难发现，在着装方面，和霸道强势的华妃不同，甄嬛一向以清淡素色为主，不张扬，但又很精致，优雅而低调地博取了好感。

在职场上，尤其是女性，切忌用美貌和招摇博关注。要如同甄嬛一样，满身本事，低调发挥；又虚怀若谷，以此善结贵人，拓展人脉。

如果说职场“四不争”让我们广结善缘，还有“四争”让我们稳固阵地。毕竟职场还是利益场，不可能事事不争。“不争”和“争”并行不悖，切换自如，才能游刃有余。

“四争”分别是：

第一，争取佳绩，把领导交代的每一件事做到尽量完善，不断自我学习和鞭策。

第二，争取信任，给伙伴充分的安全感，实力过硬，让领导放心把事情交给你完成。

第三，争取有效时间，提高工作效率。

第四，也是最重要的一点，争取合理利益。注意，是合理范围内的利益，而不是寻求利益最大化。薪水只是工作所得的一部分，除了薪水，这些利益里还包括培训学习机会、与行业专家共处的机遇、自我展示的机会，等等。职业生涯是每个人必经的成长之旅，成长永远比成功重要得多。

画重点

四不争：不与领导争对错，不与同事争聪明，不与下级争功劳，不与同性争才貌。

四争：争取佳绩，争取信任，争取有效时间，争取合理利益。

学会用正确的方式“发火”

自制克己，避免沦为“情绪的奴隶”，既是美德也是技能，但克制情绪的目的是解决问题而不是压抑自我，找到正确的“发泄愤怒”的方法也很关键。

台湾的洪兰教授在TED演讲中，用科学实验的方法，解释了造成男女情绪差异的两个原因：

第一，人的左脑控制语言，右脑控制情绪，两个脑半球中间，有一个起到连接作用的纤维素桥。女性的这个桥比较大，左右脑之间的信息传递和转化较快，所以女性的情绪更容易快速外化，表现在言行举止上。

第二，男生制造血清素的速度比女生快了52%，血清素与我们的情绪有直接关系，血清素含量越高，急躁情绪越少。所以，女性的情绪控制需要更长时间。

所以，女性比男性想发火的瞬间多很多。

发火未必完全是坏事，用对方法，就不会只发“无名之火”，而是会合理表达愤怒和解决问题。

1. 用“非暴力沟通法”释放愤怒：解决问题才是发火的根本

吕碧城是一百多年前中国历史上第一位女编辑、第一位女性撰稿人，开创了中国新闻界先河。她的父亲去世时因为家里没有男孩，按照传统，四个女儿不能继承家产，于是，不仅父亲的遗产被同族人瓜分，母亲也被幽禁。

女性在任何情况下都请牢记，气愤、抱怨和哭泣永远解决不了问题。所以，吕碧城也不浪费时间，她想到父亲生前有很多朋友，于是给父亲的朋友们写求助信。她用出色的文笔，有理有据、愤怒却保持理智地说清楚前因后果，以及需要的支持，很快就收到了回应。她父亲的其中一位朋友当时担任两江总督，看到信之后立刻命令下属前往解救，解除了吕碧城一家人的危险。

优秀的文学才华使吕碧城被《大公报》聘请为编辑，她在处理热点问题时尤其擅长发挥自己的情绪感染力和语言控制力。

慈禧太后去世之后，画像被遗老遗少挂在万寿山，希望她的在天之灵能保佑大清回光返照。这种愚昧的行为激起当时各个社会阶层的反感和义愤，吕碧城写了一首名叫《百字令》的词：

排云深处，写婵娟一幅，翚衣耀羽。禁得兴亡千古恨，剑样英英眉妩。屏蔽边疆，京垓金币，纤手轻输去。游魂地下，羞逢汉雉唐鹉。

这首词写得深刻而形象，既怒斥慈禧把清朝的领土、银钱拱手让给西方列强，又打了个比喻，若慈禧太后地下有知，一定怕和吕后、武则天那样前朝的女性统治者相见。

这首爆款词出街后，吕碧城很快成为意见领袖，当时有句话叫做“到处咸推吕碧城”。

著名的爱国女英雄秋瑾和吕碧城是好友，秋瑾在浙江被杀害后，作为挚友的吕碧城愤怒得拍案而起。由于国内受清政府严格的管控，她用英文写了一篇名为《革命女侠秋瑾传》的文章，在纽约、芝加哥等国外多地的报纸上刊登，以纪念、缅怀秋瑾。

美国作家、心理学博士马歇尔·卢森堡在《非暴力沟通》中介绍了恰当表达情绪的四个步骤，依次是：1. 观察；2. 感受；3. 需要；4. 请求。

首先，尽量客观地阐述事实，避免使用“经常”“总是”“我认为”等模糊而主观化的词语，最好能够列举数据作为辅证；其次，表达感受切忌主观化，不要急着把错归到谁的头上；再次，用恰当的方法，让对方明白你的需求是合理的；最后，顺势提出请求，这个请求务必具体可行，没有任何抽象化的概念。

吕碧城表达愤怒的方法从来不是发火，单纯宣泄情绪，而是以解决问题为前提，将情绪分步释放。她的文章和行为既有愤怒慷慨的力量，又有效地达到了“救母亲”“启迪民心”以及“为朋友正言”的目的。

2. 把握“关键对话”分解愤怒：善用逻辑才是发火的高级手段

在《关键对话：代价高的时候的谈话工具》一书中，三位作者采访了一些在职场上善于化解棘手问题的高情商人士。他们之所以总是能把事儿做成，是因为他们总能在关键对话中胜出，说出别人不敢说的话，且通过逻辑和依据，使自己的话达到预期效果。

关键对话由三个要素组成：首先，对话双方观点有分歧；其次，双方情绪波动大，随时有可能失控；最后，对话结果于双方而言十分重要，稍有偏差，就会让一方付出极高的代价。

由此可见，越关键的对话越容易产生矛盾，处理不当，就会以发火或情绪失控收场。外交场合最容易发生典型的关键对话。

在2016年6月的一次外交部例行记者会上，有西方媒体提问华春莹：“近日，《华尔街日报》等西方媒体称真正支持中国在南海仲裁案上立场的国家只有八个。中方对此有何评论？”

稍微对时事有所了解的人都知道，中国的南海朋友圈远不止八个，这样提问，很明显是想试探中国对南海仲裁案的真实态度。华春莹分三个层次对这个问题做出了回应。

她首先说：“我们以前知道个别西方媒体有时会把白的说成黑的，现在才知道，它们有时居然连简单的数数和加减也有问题。”

随后，华春莹举例说明：“赞比亚、喀麦隆等国家在不同场合表示了理解和支持中方立场；近日，中国与塞尔维亚签署的联合声明中明确规定了在南海问题上的解决办法；柬埔寨首相洪森也明确表示了支持中方立场。”

华春莹摆完这些事实论据，西方媒体哑然无声。

最后，面对刻意挑衅，华春莹用“反证法”将了对方一军，反问道：既然西方媒体善于数数，那么不知道有没有细数过，有几个国家以公开和书面的形式，明确表达过反对立场呢?

当时，中国公布了47个支持国，但西方媒体却很难找到几个书面反对中国的国家。

华春莹用三个层次的回答，漂亮地反击了对方。先是轻松调侃，再摆事实讲道理，最后把问题丢给对方，让对方的破绽不攻自破。由浅入深，抽丝剥茧地化解了一个充满挑衅意味的问题。

在关键对话中，不被对方刻意制造的愤怒影响，保持冷静客观，通过逻辑梳理，达到预期目的，这才是表达愤怒的高级手段。

3. 用“枕头法”多角度分析矛盾：发火要发到点子上

胡适是近代著名思想家、文学家，一生拥有35个博士学位。他的妻子江冬秀虽然受教育程度不高，还是小脚的旧时女人，但是，她善良能干，善于持家，是胡适的贤内助。民国时期，流行离婚娶新女性，以示与旧时代一刀两断，但胡适与江冬秀却白头偕老。这其中，既有胡适的深情厚谊和江冬秀的隐忍，更有赖于江冬秀的“会发火”。

胡适年轻时英俊潇洒，才华横溢，常常收到情书。这些情书都由江冬秀代为整理，但她几乎从未捕风捉影、争风吃醋。只有一次，她大大地发了火。那时，胡适与比自己小十一岁的远房表妹曹诚英擦出爱情的火花，并且，据民国朋友圈传说，胡适这一次不仅真的动了心，而且动了离婚的念头。

面对突如其来的婚姻变化，江冬秀意识到：这一次不同于以往那些构不成威胁的仰慕和互动，而是真正的婚姻危机。

江冬秀没有再忍气吞声，据说，她大发雷霆，拿起菜刀，以自己和两个儿子的生命抗争，要求胡适和曹诚英断绝来往，否则就像希腊悲剧里的美狄亚一样，玉石俱焚。

文人性格的胡适从来没见过这样的火气，不得不与曹诚英了断关系。

江冬秀这一生能够让胡适心悦诚服，靠的可不只是火气和菜刀，她的气度寻常女人也比不上。在胡适去世后，江冬秀整理他身后的资料，还特地让胡适的旧日恋人韦莲司写了一份自己的小传放进胡适的资料里，其大度可见一斑。

美国作家罗纳德和拉塞尔合著了《沟通的艺术》这本书，提到了“枕头法”，教我们在处理矛盾时，要有意识地从五个维度出发进行思考，这五个维度分别是：我对你错；你对我错；我们既是对的也是错的；其实这件事情不重要；以上四个立场都有真理。

用枕头法思考能拓宽思路，从多角度分析矛盾的重要程度。会发火的女人，从不乱发脾气，而是能够精准判断矛盾的级别，分辨出哪些情况需要发火，哪些不需要，懂得抓大放小。在核心原则被侵犯后，直截了当地表达愤怒，就像江冬秀，轻易不发火，发火就一定要发到点子上。

画重点

美国作家、心理学博士马歇尔·卢森堡在《非暴力沟通》中介绍了恰当表达情绪的四个步骤，依次是：1. 观察；2. 感受；3. 需要；4. 请求。

首先，尽量客观地阐述事实，避免使用“经常”“总是”“我认为”等模糊而主观化的词语，最好能够列举数据作为辅证；其次，表达感受切忌主观化，不要急着把错归到谁的头上；再次，用恰当的方法，让对方明白你的需求是合理的；最后，顺势提出请求，这个请求务必具体可行，没有任何抽象化的概念。

“单身力”是重要的竞争力

人民日报公众号曾经做过一份关于95后就业观的数据调查报告，在95后最向往的新兴职业排行中，位居榜首的，是主播和网红。和拥有传统就业观的70、80后不同，95后出生在个体崛起的时代，习惯独立思考，自信积极，不会被某一种关系捆绑，也不再看重所谓的“稳定”，有很强的“单身力”。那么“个体崛起”和“单身力”这两个关键词，究竟是什么意思?

随着自媒体的发展、社交网络的普及，个体影响力比以往更容易释放，我们正在进入“个体崛起”的时期。描述“个体”的词汇有很多，比如：手艺人、自由人、超级IP、斜杠青年等等，这些人格化的标签背后，体现的是极强的个人能力。

而个人能力中至关重要的一项就是单身力，这里的“单身”不是指常规意义上的单身，而是独立、独善其身、独具一格。

在个体崛起的时代，想要成为一个有力量的个体，怎样去塑造单身力?

1. 不强求别人，先达到自己最好的状态

越来越多的女性，在职业上勤奋争取，在生活中要求品质。她们或许早已为人妻或人母，但很难见到大众思维定式中对已婚已育女性固有的疲惫与拖沓的印象，也很少用某一个身份来限制住自己。事业和家庭，她们

尽量平衡，即便难度非常大，也不抱怨，即使算不上游刃有余，也努力保持积极的状态。

这种正能量，就是“单身力”的一部分。

刘若英独特的辨识度不仅体现在事业上，在生活选择和感情经营中，她都很敢做自己。在《我敢在你怀里孤独》一书里，她描绘过和先生钟石婚后的生活状态：“夫妻俩一起出门，去不同的电影院，看不同的电影。两人一起回家，进家门后一个往左，一个往右。两个人有各自独立的卧室和书房，共用厨房和餐厅。”

很多人觉得吃惊，婚后的刘若英竟然与丈夫分房而居，而且，这对如同居男女般的夫妻还挺幸福。

她45岁做母亲，生活依然很丰富，微博里写道：每天收工不管多晚，只要健身房没有打烊，就雷打不动去健身；在全球几十个城市，一站站地开演唱会；不仅依然热爱唱歌和写作，还导演了人生第一部电影《后来的我们》。

实际上，这就是“单身力”。

留有恰当的距离不是不爱另一半，而是在婚姻中保持相对独立的经济能力与思想状态，用踏实的自己赢得细水长流的感情，用分寸感为婚姻保鲜。

实际上，我们身边有不少“新时代的旧女性”，表面上赞成独立自强的“女性主义”，思维依旧是旧时女人的依赖心态，只不过把经济的依赖转化成了思想的依赖，主心骨总是不在自己身上，对婚姻和伴侣抱了太多幻想，有太多要求，让双方都很辛苦；她们把安全感寄存在另一半那里，而不是牢牢地掌握在自己手中，把另一半的给予和付出视作“理所应当”。

在成熟的现代婚姻关系里，婚姻是一种契约，是精神和经济双重层面的契合。一份长久契约的前提是实力相当，各有所长，首先要求自己达到最好的状态，不强求对方改变，保留一份单身时期的洒脱和进取，生活和职业才不至于像牢牢抓在手里的沙子那样飞快流逝。

2. 在多重身份中保持个人的独特性

“斜杠青年”出自《纽约时报》专栏作家麦瑞克·阿尔伯撰写的书籍《双重职业》，指的是一群不再满足“专一职业”的生活方式，而拥有多重职业和身份的人。

比如高科技企业的程序员，生活中不仅是高产作家，周末还能变身心理咨询师，解答朋友们的困惑；比如白天是外交官，晚上私人时间去排练小剧场话剧，都是典型的斜杠青年。

在个体影响力空前重要的时代，“单身力”就是像斜杠青年一样在多重身份中保持完整独立的人格。

美国前第一夫人米歇尔就是政坛的“斜杠青年”。

在民意调研中，美国民众对米歇尔的喜爱远远超过奥巴马，有评论甚至开玩笑，奥巴马执政八年来最大的政绩就是把米歇尔·奥巴马带给了美国人民。凭借良好的民众基础，米歇尔超越了“第一夫人”中的标杆人物——杰奎琳·肯尼迪，被称为“近代最受欢迎的第一夫人”。

和奥巴马恋爱时，米歇尔已经是全美排名第六律师事务所里的律政俏佳人。奥巴马没当总统时，她的年薪一直比丈夫高。担任丈夫的全职竞选顾问前，除了在六个机构的理事会担任职务外，她还是芝加哥大学医院负责外事的副院长，年薪二十多万美元。

米歇尔智慧过人，思路清晰，讲话直率又风趣，上了演讲台比丈夫还有煽动性，奥巴马说，他听米歇尔演讲经常听得想哭。也因为她出色的演说能力，为丈夫赢得了不少选票，美国公众赞她是助选能手。在奥巴马竞选连任人气不振的时候，米歇尔独自出访各地，为他争取女性关键选民，当她说出“我和所有的母亲一样，在事业和家庭的双重角色之间挣扎、疲于奔命，我最能理解这些母亲的心”时，不知让多少女人产生共鸣。

工作之外，米歇尔努力当个好妻子和好妈妈。

在家里，她每天早上4：30起床，锻炼身体，收拾丈夫扔在篮子里的脏衣服、打扫卫生，接着开始准备早餐，并准时叫女儿起床。在米歇尔的影响下，奥巴马也逐渐分担力所能及的家务。他们的家庭生活与周围所有普通家庭一样，朴素而忙碌。

“进得厅堂，入得厨房”都不算什么，牛的是米歇尔还上得了秀场，是众多知名设计师追逐的焦点和时尚界的宠儿。所谓的自带光环，就是哪怕没有挽着总统的手，走到哪也不缺“咔嚓咔嚓”的快门声。米歇尔是《名利场》“年度全球最佳衣着人士”、《人物》杂志2008年度“十大最佳衣着品位女性”、《花花公子》“最性感政治女性”。

最与众不同的是，这个聪明的女人连引领时尚潮流都讲战略，她并不用奢侈品与昂贵的服饰堆砌时尚，而是选择了亲民路线。她曾经穿了一件黑白相间的背心式印花连身裙上节目，并且在节目中公布了裙子的来源和价格，148美元。女选民看到原来第一夫人的裙子自己也买得起，瞬间疯抢。这就是米歇尔的战略性时尚——务实、亲民。她越是穿着平民消费得起的时尚，就越让大家觉得期待和可亲，也与年轻的女支持者缩小了心理距离。

在奥巴马作为总统的最后一次公开演讲中，他对米歇尔说：“在过去的二十五年里，你不仅仅是我的妻子、我孩子的母亲，你更是我最好的朋友。”

一个具备单身力的人，有能力在有限的条件下同时完成好几个角色的塑造，正因为始终保持完整独立的人格，反而更加赢得他人的尊重。

3. 并没有超级能力，只有“超级自律”

在不同领域做出成绩的女人和男人，都有一个重要特征：自律。

畅销书作家严歌苓曾经被问到如何在保证质量的前提下还如此高产，她说，她当过兵，对自己有一套严格的纪律要求。当你懂得自律，那些困难都不算什么，人必须对自己负责。

几十年如一日，她要求自己每天至少写作六小时，隔一天游泳一千米。状态不好的时候，连坐到书桌前都是一种折磨，但她依然坚持——熬过最初不舒服的半小时，接下来，行为就顺畅很多。

史蒂芬·柯维在《高效能人士的七个习惯》中说道，“做出承诺和信守诺言是培养高效能习惯的根本力量”。

创造收视奇迹的电视剧《人民的名义》中的老戏骨们，不仅演技在线，身材同样在线。剧中扮演沙瑞金书记的张丰毅，尽管已经六十一岁，六块腹肌却从未消失过。他每天早晨七点起床跑步，下午必去健身房举铁，烟酒不沾。拍戏时常常作息紊乱，张丰毅在采访中透露，自己不管在什么条件下都会坚持运动：“在剧组睡前抽空锻炼，第二天比其他人早起半小时。”

剧中另一位主演、李达康书记扮演者吴刚，接下这个角色时也已经五十五岁。在剧中他走路带风，身轻如燕地攀爬脚手架，还被观众们戏称“大长腿”。吴刚每天坚持跑步五公里和游泳，拍戏间隙立刻去健身房。

对于这些“超级个体”，自律已经成为一种生活方式和习惯，他们在强大的自我驱动力的推动下，能够持续增值。

画重点

什么样的人是“超级个体”？

他们有很强的自我管理能力和学习能力，持续升级自己；也有良好的沟通能力和影响力，注重塑造个人品牌；同时善于与其他个体和组织合作，整合运用资源；尤其是他们总能知道自己想要什么，不混日子，能够掌控自己的生活。

大BOSS，不可怕

在职场中，怕老板的人不在少数。你或许也有过类似的经历：看到老板在等电梯，赶紧绕道走；开会时，尽量选择离老板最远的位置；请你去汇报工作，还没走进老板办公室就开始紧张了，原本准备很充分，却不由自主地结巴。

怕老板的问题究竟怎么破?

首先，我们来理顺为什么大BOSS让人望而生畏这个问题。

描述高管们最多被用到的五个词分别是：数据狂、毫无耐心、攻击性强、时间压力大、气场可怕。总结成两点，就是掌控一切的权力欲和冷酷的大局观。这分别对应了两类高管人群：一种是在大公司从基础员工摸爬滚打，一层层拼杀上来的职业经理人；一种是白手起家的公司创始人。他们可能会在半夜发一份十六页的邮件给你并标明立即回复，或者在休息日的早晨给你打电话，又或许他们根本就不和你说话——大多数老板并不是从一开始就学习过系统的管理课程，而是在实践中摸索，他们或许是优秀的专业人士，拥有丰富的经验和知识，但和下属沟通并不是他们的强项。

除了没接受过系统的管理训练外，还有什么是让老板们看起来“凶残”的原因呢?《哈佛商业评论》报告显示，CEO上任后如果公司股价在一年内下跌，那么他被炒掉的概率高达83%，远远高于你丢掉工作的可能性。成功的管理者在确定组织和个人的目标时，一般很现实，少有人情味。他们的时间和精力太宝贵，不允许浪费在低效率的事情中。拿破仑曾经说过，他喜欢成功的将领，不会支持败军之将，因为他对失败或错误的原因并不感兴趣。经验、能力、思维方式的不同，决定了员工与老板是两种不同的生物，员工在与老板接触的时候会表现得不太自在，主要还是不自信的心理作祟。

那么，建立自信最快、最切实的方法是什么呢？就是去做你害怕的事，直到获得成功的经验。学会与老板相处，是每一位职场人的必修课，以下四点是你和老板沟通的通关密码。

1. 与老板进行有效沟通，先想明白他真实的想法和意图

石油大王洛克菲勒说："假如人际沟通能力也是和糖、咖啡一样的商品，我愿意付出比任何东西都高昂的价格购买这种能力。"由此可见沟通的重要性。而有效沟通又是提高工作效率和化解矛盾的关键。与老板进行有效沟通，过程中不仅能探明老板的真实想法和意图，也能够向老板准确传达出你的真实想法，是一件双向受益的事。

如果给你一次五分钟的机会，在公司大会上汇报发言，CEO、两位副总裁、三位总监、十来位中层经理同时听你推荐自己的项目策划，你会怎么说？你的主要使命就是提供信息、分析价值、列举可执行项和提出下一步请求。

我们可以参考下著名作词人、被称为"词圣"的方文山的做法。

方文山求职时，翻遍了半年内所有的CD内页，找出最红的歌手和制作人，把集成册子的原创歌词邮寄给他们，一次寄一百份。为什么要寄这么多？方文山提前做了计算，他估计经过前台、企宣、制作人的层层辗转，大概最终只会有五六份被目标人物收到。这样的求职行为持续了一年多，直到有一天接到大老板吴宗宪的电话。

如果方文山寄出去的不是一百多份的歌词集，而是一份求职简历，简历上面仅仅是类似“将音乐视作生命、团结同事、刻苦耐劳”的自我评价，你觉得他会有机会吗？不仅如此，方文山那本歌词集的第一页是这样一封言辞恳切的信：

这是我去芜存菁后的作品……已经预埋了音乐韵脚……而且充分考虑了流行音乐承转的节奏要求……

这才是给领导看的求职信，也不失为一种有效的沟通方式，因为充分考虑了对方的需求，也提供给他人自己的价值。

2. 有主见地迎合，让老板知道你有想法

在职场上，怎样迎合领导是一门学问。

《鹿鼎记》里的韦小宝看上去不学无术，一路的发展秘诀似乎就是迎合大老板康熙给他设定的要求，听话地去操作，指哪儿打哪儿。但是，实际上韦小宝绝不是随波逐流没有主见的人，处事的果敢也是少有人及。

虽然韦小宝出身草莽，很多品质难以拿到台面上来讨论，但从他随机应变、灵活务实的职场风格，我们至少能得到这样的启示：对于上级的工作要求，要严格遵守执行，至少老板请你来，并不是为了让你只提反对意见。个人意见可以通过正常渠道反馈，职责之内的工作自己决定，可是，当领导有不同意见的时候，先以尊重领导的意见为主，然后再斟酌自己的想法是否有疏漏。

所以，康熙钟爱的韦小宝何止是能干，他实在是个执行力卓越的得力下属。

3. 提升职业素养，给出专业性、建设性的建议

卡耐基在《人性的弱点》里写道，“不再当秘书的最好方法，便是尽量把现在的秘书职务做好”。同理，想要在职场上打开局面，获得领导认可，最根本一点还是要提高工作能力，有用，并且好用。

唐朝宰相魏徵就以敢于向皇帝直言进谏著称，大BOSS唐太宗有不妥的决定，魏徵就会据理力争。有一年，唐太宗派人征兵，有大臣建议：不满十八岁的男孩子，只要身材高大，也可以应征。唐太宗急于扩充兵力，就同意了，但是这封诏书却被魏徵扣住。唐太宗大发雷霆，于是派人把魏徵叫来训斥：“我的诏书，你为什么扣住不发？”魏徵回答：“我听说，把湖水抽干捉鱼，虽能捉到不少，但是到明年湖中就无鱼可捞了；把树林烧光捉野兽也可以捉到，但是到明年就无兽可捕了。同样道理，如果把那些身强力壮，不到十八岁的男子都征来当兵，以后还从哪里征兵呢？国家的赋税杂役又由谁来负担呢？”

这番话晓之以理，动之以情，众人无可辩驳。于是，唐太宗重新下了诏书，免征不到十八岁的男子。

后来魏徵去世，唐太宗十分痛心地说：“人以铜为镜，可以正衣冠；以人为镜，可以知得失。魏徵去世后，我失去了一面镜子！”

4. 打开格局和思维方式

《穿普拉达的女魔头》中，是什么让安妮·海瑟薇扮演的Andy最终得到女魔头的认可？很显然，单纯努力是不够的，她的诀窍在于不同于其他助理的思维方式和人生格局。

在工作初期受到铁面女魔头的一系列打击之后，Andy没有认屄和消

沉，而是选择了积极改变——从外表的时尚形象，到做事的效率和结果。她得到了去老板家送书的一半是公事、一半是私人交情的机会，这代表着老板对她努力的认同。

但是，随后难题又来了——老板要她为自己的双胞胎女儿拿到《哈利·波特》未出版的手稿，这个难度可太大了。Andy依旧没有拒绝，且不说她是如何运用各种人际关系成功拿到手稿，重点是之后的一系列举动——她考虑到老板的孩子是双胞胎，于是复印了两份；加装了封面使资料看起来不像手稿；以防万一，又多准备了一份交到老板手上。这一系列的行为，Andy整整比老板多考虑了三步。

这才是企业需要的人才，老板说一步，她走三步，走在任务之前，把事情统统办妥，周到又省心。这样的人怎么会和领导相处不好呢？获得更多机会也是意料之中。

画重点

描述高管们最多被用到的五个词分别是：数据狂、毫无耐心、攻击性强、时间压力大、气场可怕。总结成两点，就是掌控一切的权力欲和冷酷的大局观。

Chapter 03

自控情商

歌德说过，只有投入，思想才能燃烧，一旦开始，完成在即。也有人说，不出发就永远不会到达，避免拖延的最好办法就是现在就做。

拖延症不是绝症

有人说：拖延症简直是行动力的绝症，心里痛恨却总是改不掉。

拖延症有三个集中表现：

第一，凡事爱找借口是习惯性拖延患者的保留节目。比如说："这项工作的难度远远超过我的能力""我有催客户，但是客户一直说等上级签字审批""最近我的事情实在太多了，不小心就忘了这件事""领导的要求实在太高""其他人不配合，我有什么办法啊"。拖拉的人永远能为没有做到的事找到各种借口，而且总能想出为自己辩解的理由。找借口很容易，它极大地缓解了事情没有做成的焦虑感和对自己的责备，是拖延症最好的搭档。

第二，拖延症患者的另一个表现很有意思，就是所谓的"完美主义"——看上去总是以高标准严格要求自己，但什么事情都达不到她的标准，只好一拖再拖，不得已成了"拖延症"。比如我们公司曾经有一位文案妹妹，每次写稿前都会大量地查找资料，广泛阅读同类广告文案，看上去特别认真。但是，她几乎没有按时交过稿，每次追踪，就两手一摊，说："没法子啊，不够完美，我没办法交稿。"完美都是相对的，完成任务却是必须的，假如你和完美有一定距离，那也别拖了，先完成再完美，别给自己找借口。

第三，拖延症患者往往还不愿意承认自己时间观念差。面对一项具体任务，他们很难在心里确定准确的完成期限，总是设立模糊时间。假如一天能够完成，他们就会想：上午做不完没关系啊，下午还可以继续；如果下午没完成也没关系，反正晚上还可以继续。一直拖到必须交付的时间，他们才懊丧地承认：接下来真是没时间了。

这类人经常挂在嘴边的话就是："慢慢来，反正还有时间！"他们从来没有严格到几点几分必须完成的时间观念，指望慢工出细活，最后却往往都是因时间不够而紧赶慢赶敷衍完成的"粗活"。赶出来的事情，质量能好到哪儿去呢？

看上去不起眼的拖延症，却杀伤力巨大。

1989年3月24日，埃克森公司的一艘巨型游轮在阿拉斯加触礁，原油大量泄漏，给生态环境造成极其严重的破坏，但埃克森公司却迟迟没有做出外界期待的反应，错过了最佳的弥补和公关时间，受到舆论和商业界的一致谴责，最终演变为一场"反埃克森"运动，甚至当时的布什总统也出面干预。最终埃克森公司损失达到上亿美元，形象损失更是不可估量。

所以，拖延症无论对于公司还是个人，都影响巨大。

明明知道不对，却改不掉，爱拖延的原因究竟是什么呢？

原因之一：喜欢拖延的人往往意志力薄弱，缺乏自我约束的毅力。

懒散、颓废、觉得什么事情都不好做的人，特别喜欢找借口推脱，比如：这事为什么不让别人做，非要让我做？这事这么难究竟能做好吗？心理上不情愿，就会选择用拖延来消极对抗。特别是当一件长期性的任务放在自己的面前时，意志力薄弱的人都很害怕，像减肥、护肤、晨跑、早起之类短期见效慢，得长久坚持才能看出效果的事情，会吓跑很多常立志的人。

原因之二：不够自信，内心夸大工作难度，越想越怕；又或者盲目自信，错误预估完成工作的时间进度。

工作上遇到过挫折、不自信的人，容易对分配到的工作产生恐惧心理。他们会在内心过度夸大工作的难度，被自己设想出来的工作的分量和复杂程度吓倒，担心自己无法完成任务，然后由恐惧演化成逃避的心理，潜意识里认为自己能力不足，不能胜任工作，于是一拖再拖。这类拖延症患者，喜欢挑最简单的事开始，越往后越发现没的挑，所有的工作都有难度，到最后不仅拖延，还慢慢形成敏感、脆弱、多愁善感的个性，觉得自己委屈透了。

而盲目自信的拖延症患者们常常高估自己的能力，低估工作难度，错误预计了执行进度和完工时间。刚拿到任务的时候优哉游哉，“这么简单，不急嘛”，后来时间越来越少，却发现工作越来越难，即便慌慌张张赶进度，也完不成了。

原因之三：做事不专注，容易被打岔，被无关紧要的其他事吸引注意力，主要任务却没有完成。

爱拖延的人往往缺乏对于目标的专注，觉得要完成的事情太多，不知道从哪里下手，还不如随心所欲，走到哪儿算哪儿。比如，原来打算完成任务A，做的过程中发现，B好像也还好，那也试试B吧。再做一会发现C也好像和任务有关系，结果事情越做越多，干了一堆杂事，主要的工作还没有完成。人的精力有限，心里缺少对特定任务的完整规划和条理，就会跑偏和拖延。

拖延症的病征和发病原因都清楚了，接下来我们训练自己知行合一，从三个方面克服拖延症。

1. 最先完成最困难的那件事，并且形成习惯

美国著名管理学者德鲁克在《有效的管理》中说过，有效工作者必须先做首要的事情，而且要专一不二，不参与不接触与己无关的小事，以保证集中时间和精力做计划中重要的事情，进入高效工作模式。

几乎所有被拖延的事，都难度偏大。很多人都喜欢把容易的活先做完，最后处理最难的工作。这个次序得改正，最重要的事情通常最困难，而最重要的工作没有完成，你做完了再多的琐碎工作都没有意义；看上去很忙，也很利落，可是，被拖延的却是决定绩效80%的核心任务。所以，无论老板还是其他员工，都不会觉得你能干又高效，你依旧是个拖延症患者。

假如一个射击运动员喜欢不停嘱咐自己“千万不要脱靶”，并且想象着脱靶之后尴尬的处境，他在赛场里走来走去，就是不开枪，那么他无论走了多少圈都没用，这种心态让他不可能出成绩。不拖延的人，都有迎难而上的劲头，特别擅长分解任务，把那些看似难度很高的工作拆分开来。很多貌似不可能完成的工作，只是你人为地夸大了它的难度；面对领导分配的某项陌生任务，你需要冷静分析，耐心梳理，把它普通化之后，解决方法自然会来到你的头脑中。

即使挑战之后依旧没有完成难度很大的任务，也千万不要沮丧。成熟的上司在决定是否重用你的时候，还会考察你勇于挑战困难工作的态度。老板们也会比其他人更清楚，并不是任何创新都会取得立竿见影的效果，所以即便挑战的结果不够完美，你已经成为老板心目中的潜力股，你所获得的潜在价值，胆怯的观望者永远也不可能得到，这些都是你走向更高台阶的资历。

2. 正确认识自己的能力，精确预估工作完成时间，设置合理的完成期限，严格给自己限时

练习对时间的预判能力，可以在做一项工作之前，先预测可能花费的时间，然后按照你的正常速度去做，看看实际使用的时间与你预测的时间之间有多少差距。通过这样的预测练习，你会慢慢熟悉自己的节奏，并且树立正确的时间观念。当你能够预测一项工作要花多长时间之后，你要做的就是为自己设置一个合理的完成期限，把目标分解成具体的完成步骤，列出工作计划，严格地给自己设置完成时限。

比如，我计划要写一本10万字的书，并且，当前我不打算做其他工作，只专心完成这一件事情，那么，我预测要花2个月，也就是60天。10万字除以60天，意味着我每天的完成量是1666个字，相对于我每天3000字左右的写作量，这个10万字的任务完成起来很轻松。

但是，我或许不可能两个月只写书，我还必须处理其他工作，那就得把其他工作量计算进来，每天就不能按照1666个字的进度完成。

充分考虑每一个任务可能遇到的问题，以及你所能花费的精力，反复练习之后，你就能精准把握自己的时间效率。还要注意的是，即便你计划得再精准，也需要给自己留出机动时间，用于应对突发状况。

这样考虑周全之后，才是最准确的时间预估，才能避免给自己留下拖延的借口，给他人留下不良的印象。

3. 培养立刻行动的能力，提升工作效率

歌德说过，只有投入，思想才能燃烧，一旦开始，完成在即。

也有人说，不出发就永远不会到达，避免拖延的最好办法就是现在就做。

立即行动有时候很难，尤其是在面对一项你不熟悉的任务时，常常不知道从哪里下手。如果你觉得工作很艰巨，可以运用切香肠的技巧来解决。不要试图一次性吃掉整条香肠，而是把它切成一小片一小片，慢慢品尝；先把工作分成几个部分，然后把每一部分细分成几个完成步骤，并使得每个步骤都能在短时期内完成。

完成的过程中，还要时刻记住最重要的事情最先做，否则你的每一个步骤都会被各种无关紧要的事情打乱，又被动地变成了拖延者。

画重点

美国著名管理学者德鲁克在《有效的管理》中说过，有效工作者必须先做首要的事情，而且要专一不二，不参与不接触与己无关的小事，以保证集中时间和精力做计划中重要的事情，进入高效工作模式。

又忙又美的安迪，有这三个好习惯

在《欢乐颂》第二季中，安迪继续圈粉。

她最值得学习的长处，并不是每集频繁更换的衣服，也不是如女强人般态度傲慢、行为强势，而是专业出众，给力却不霸道，美丽而不犀利。

所以，安迪是很多女人的梦想，她的三项重要能力，尤其值得学习。

1. 毅力不能支撑女人走远，但习惯可以

我不太相信，强大的毅力能够永远勉强人们坚持做自己做不到的事情，但我认同“习惯成自然”。

晨跑是安迪最重要的习惯之一，和她一起晨跑的关关经常因为各种原因改变计划，但更忙的安迪却雷打不动。据说，美国股神巴菲特在选择接班人的时候，跑步成绩也被列入考量的重要标准。跑步，既需要自制与惯性跑完全程，还要忍受枯燥和焦虑，而这恰恰是职场制胜的真谛。

除了晨跑，安迪坚持合理的饮食安排，她是“欢乐五美”当中吃零食、宵夜最少的。在食物面前保持节制究竟有多难？所有女人都明白。

当有工作要完成，又恰好有朋友来敲门时，无论是把客人请进来还是送出门，安迪都会说：“我有工作要先处理一下。”然后不受任何影响地继续进行工作。

保持自己的节奏感，不被别人左右，不仅是安迪的特点，也是我们身

边大多数能成事的女人的标配。每天太多的干扰和零碎信息把我们的时间也分割成碎片，今天做不完的事就理所当然拖到明天，总是在最后期限来临时，才匆匆忙忙拼凑交差。

立下一堆目标和计划，最后一个也没完成；急吼吼地说要努力，结果却是，“想要做的”和“应该做的”，都没有做。

这就是拖拉和盲从的后果。

可是，你见到安迪靠咬牙切齿的毅力去完成这些吗？并没有。

大多数女人的“毅力”内存都很低，但是，如果把良性行为模式变成习惯坚持下来，那就完全不同。行为心理学里有个“21天效应”——只需要21天，人们就能够把一个新动作或理念巩固下来，再依靠惯性坚持下去。

听起来，是不是比我们想象的时间更短、难度更低呢?

21天效应分为三个阶段：

第一阶段：1—7天。新行为还显得“刻意、不自然”，需要特意提醒自己。

第二阶段：7—21天。新行为表现得“刻意、自然”，但是，还需要意识去控制。

第三阶段：21—90天，新行为已经变成“不经意、自然”的举动，不再需要意识去强制。

这是行为心理学中特别好用的小工具，安利给大家。

2. 逻辑思维能力弱、缺乏独立思考，是女人的大短板

剧中的安迪毕业于哥伦比亚大学商学院，是华尔街投资公司高管，回国后在朋友老谭的公司担任投资项目负责人，年薪七位数起，而且肤白貌美气质佳，是妥妥的“三高人群”。她在入职之初就顶着众人的质疑声，

但在公司的第一次例会中，她就凭借缜密的逻辑思维、丰富的知识储备，迅速诊断出工作报告中的弊病，提出具体需要改进的地方，一举平息了员工的不服气。

安迪的台词中，“逻辑”这个词出现率特别高。她的能力很大程度上体现为超强的逻辑思维——她判断事情，不盲从于多数，不屈服于权威，而是理顺前因后果，用靠谱的思辨来做出独立选择，头脑清醒，判断理性。

邱莹莹读洗脑成功学，安迪拿起书只翻了两页，随便挑了其中一个故事，三言两语就找出逻辑漏洞，然后告诉邱莹莹这书有毒；第一次帮曲筱绡拿项目，她看完所有资料，依靠知识储备和多年职场经验，总结出一套很有逻辑性和可操作性的口头报告，让关雎尔感慨，听她一席话，胜过上半年班。

在生活和职场中，我们不免时常面对不同的立场和相悖的意见，有时明明觉得不对劲，却很难反驳；或者面对提问或质疑，觉得有理又表达不出口，非常恼火地认为对方在找茬。这个现象的核心是逻辑思维能力和条理性差，这完全可以通过训练来培养和加强。

比如，首先提高阅读效率。在阅读过程中，学会提取文章主旨，总结每章内容，反复练习之后就可以快速拆解繁杂的信息。当我们能够把一本书、一篇文章的内容清楚地复述给别人，就说明自己真的掌握了书里的知识点，而且表达水准不错。

其次，善于倾听非常重要。开会时，仔细聆听每位同事的工作汇报，梳理他们发言的思路和主旨；工作中，听清别人说的话，听懂话外音，才能明白别人真正的意思。

最后，锻炼口头表达能力。如果准备说一段相对重要的话，记得打腹稿，把想要表达的每一个点都用一句话概括，把思考转化为语言，表述能力会迅速提升。

3. 得体+美丽，是女人的通关密码

在美丽和得体之间，安迪选择得体。

在得体的基础上，安迪保持美丽。

剧中的安迪有七十多个职业装造型，每一套搭配都把独立女性的硬朗和柔美结合得恰到好处，在黑、白、灰的基础色中，增加很多亮点。安迪曾经说，出于职场礼仪，衣服一周不重样，丝巾两周不重样。这种服装的标准，普通人遵守起来并不难。

商业心理学研究的结果是，人与人之间的沟通所产生的影响力和信任度，来自语言、语气和视觉形象三个维度，其中视觉形象的重要性远远高出其他两项，达到55%。所以，职业形象比我们想象的更重要。

美丽，本身就是一种能力和实力。

英国现任首相特蕾莎·梅，作风强硬，却一直被媒体冠以"政坛超模"的名头。

她穿衣风格大胆鲜艳，对时尚穿搭毫不避讳。其中最吸引公众注意的是她的鞋子，从豹纹高跟鞋、斑马纹平底鞋到尖头鞋、铆钉靴等不一而足。

特蕾莎接受《邮报》采访时说：

> 我总是告诉女性们，做自己，不要将自己束缚在既定模式里。如果你的个性需要透过着装来彰显，那就让你的着装将它们表达出来。

特蕾莎和安迪都在得体的基础上，坚持展现个人风格，她们像男人一样果断，又像女人一样美，这或许才是“雌雄同体”真正的含义。

画重点

行为心理学里有个“21天效应”，只需要21天，人们就能够把一个新动作或理念巩固下来，再依靠惯性坚持下去。21天效应分为三个阶段：

第一阶段：1—7天。新行为还显得“刻意、不自然”，需要特意提醒自己。

第二阶段：7—21天。新行为表现得“刻意、自然”，但是，还需要意识去控制。

第三阶段：21—90天。新行为已经变成“不经意、自然”的举动，不再需要意识去强制。

吸金力开挂的曲筱绡，具备这三种强者思维

曲筱绡最闪光的地方不是她的穿着和富二代出身，而是她的赚钱能力。她表面不学无术，内心却人情练达、智计百出；她外在“拼爹”，内里却管得了公司，开得了大单。坦率地说，生活在北上广的困难模式下，无论穷爸爸还是富爸爸的女儿们，都得学会像曲筱绡一样为自己的人生埋单。

撇开曲筱绡的刁蛮任性，她最独特的优点是始终具备强者思维。

1. 真正独立的女人，恋爱要谈，工作也要拼

对于工作的态度，安迪是“何以解忧，唯有工作”，工作对于她，是打开复杂身世迷雾，通往光亮世界的钥匙，也是躲避生活纷扰的避风港。而樊胜美、关关和邱莹莹工作的动力是获得上司认可，被动等待升职加薪，改善生活。曲筱绡呢？工作，或者说做生意挣钱吧，是一种深嵌在骨子里的基因，即便在热恋中，如此迷恋赵医生，她依旧有自己的坚持和取舍。剧中有一个细节，她趴在床上熬夜看资料，收到赵医生的微信，偷乐了一会儿，嘴角满是甜蜜，但是，很快又带着爱情的动力继续开工。

这就是曲筱绡和大多数女孩的区别：她既全力谈恋爱，也拼命工作，面对再深爱的男人，也没有像邱莹莹那样完全失去自己。

爱男人的同时，从不忘记爱自己，争取一切爱情的缘分，也不放过所有生意的机会。享受爱情，却从不沉溺其中无法自拔，才更接近有分寸的

独立女性。曲筱绡的“情”商有三个特点：

首先，在爱情中保持理智，分清轻重缓急。她对赵医生的爱，并不仅仅因为他“长得帅”，她非常理性地对“唐长老”做过背景调研：赵医生是复旦大学博士毕业，是“本地人”，不是“凤凰男”，热爱文艺和阅读。所以，外貌协会的曲筱绡，实际上爱的是“内外兼修”。反过来，邱莹莹什么时候了解过白渣男的背景？

又比如，赵医生总有突发手术或者临时病患，热恋中的曲筱绡从来不拖后腿，总是在撒娇的掩护下当机立断支持男友去工作，没有半点幽怨。自己也能够立刻找到任务转移注意力，同样忙起来，与优秀的男朋友保持节奏一致，不黏人，不腻歪，不浪费时间。

其次，不把情绪带入工作，敬业超越常态。在大家都欢欢喜喜过新年的时候，曲筱绡正面临感情危机，可是，一封邮件带来的项目信息立刻让她直接拎包飞往美国谈生意。她说：“只要可以赚钱，过年算什么？”她还说，“即便我是全世界最有资格好吃懒做的人，我也要满世界地找生意。”这种对机遇与财富的敏感，充满了迅速出击的主动。

这是社会分工越来越细致的时代，每个人都像是大机器上的螺丝钉，充满“趋同性”。学历、毕业学校等差距已经不再是打造职场优势的首要条件，敬业又果断的态度，却能够从温吞的大多数人中脱颖而出。

最后，她执行力强，从不玻璃心。为了经营好自己的“小破公司”，她学习专业知识；为了拿下GI代理，她了解业内术语；她坦承自己读书少，向安迪和关雎尔虚心求教，没有半点迟疑和自怨自艾的玻璃心。虽然做事风格鬼马张扬，但曲筱绡的情绪按钮始终快、准、稳——反应快、对策准、水平稳。

很多女人在生活与工作中的短板是“心路历程太长”，优柔纠结，充满不自信的选择障碍症，可是，曲筱绡丝毫没有。有意思的是，“欢乐五美”中，曲筱绡和安迪极少迟疑和困惑，即便面对家庭财产纷争和亲人遗产分配这样令人头疼的局面，她们也当断则断，思路清晰，反而是其他三位经常在各种小事上拿不定主意。

不同眼界的女人，时间使用效率差别巨大。

2. 商业思维的共性是：尊重利益，善于死磕

曲筱绡务实不务虚，既然经营公司，就以利润为导向。

她剧中最精彩的台词不是怼人，而是第11集开头的那一段：“很多人根本不了解我，就认为我是个草包富二代。可是，她们知道报关怎么报才最省钱吗？知道运输路线怎么安排才最快速吗？知道怎样才能保证货物的折损率最低吗？知道怎么约束供应商才能保证最终的供货质量吗？这些我都亲自经历过，甚至，我还跟车吃土验证每一站的过路费。”

曲筱绡是务实的女人，她做生意时先把“情怀”之类虚头巴脑的东西放一边，尊重基本的商业盈利原则，用实践弥补理论的不足。

另外，曲筱绡有“找尽办法”的死磕精神。

她的商业谈判很经典：第一步，化被动为主动，摸清对方想法后迅速出击，找负责人谈报价，终止对方无休止的拖延。第二步，表达诚意，在报价阶段，坦承成本和利润，用合理的性价比打动对方。第三步，实力说话，面对不认可自己的项目负责人，总是抢先一步做出新方案，不啰唆，用行动证明自己。

难得的是，曲筱绡死磕却不死脑筋，真的遇见注重学历、完全不对路的客户，她还能及时止损，并计划读MBA转化身份，曲线救国。

3. 领导者的思维是：敢想敢做，敢做敢当

曲筱绡的语言、行动、思维方式都与其他四个女人相去甚远，作为企业负责人和创业女性，她必须用领导者的思维直面问题、解决问题。

首先，善于整合分配资源。

管理者未必是业务最强的人，但需要在第一时间找到最专业的人，并且把他们安排在最合适的位置。曲筱绡看不懂英文资料，于是软磨硬泡请安迪和关雎尔帮忙。安迪有全局意识，于是曲筱绡请安迪出大方向策略；关雎尔英语好，于是曲筱绡请她协助细节翻译。曲筱绡做一件事，能调动四面八方的资源给自己打援手，这才是管理者的运筹帷幄。

其次，注重结果，奖惩分明。

普通人在失败后常安慰自己：结果不重要，重要的是过程。但是，如果你是领导者，这就成了最劣质的推诿借口。所以，曲筱绡很明确地告诉员工："迟到早退我不管，我只看结果！工作要是做得不好，你就是每天晚上加班加到十点，我也一样炒你。"话不好听，可道理却很直白。

落实到真正的工作中，曲筱绡奖罚得当，善于激励。比如，在争取GI国内代理权时，她承诺：拿下项目，奖励大家一个月的工资。在招待空调项目客户的过程中，安排员工加班修改方案，她表示：拿下项目，给大家一周的休息。另外，她还常给公司员工发福利，时而蛋糕，时而红包。

这样的曲筱绡，既有领导者的大智慧，也有管理者的小聪明，能屈能伸。

最后，积极拓展人脉，懂得恰当的利益交换。

为了让小包总给自己引荐项目，曲筱绡直接把安迪的行程作为交换筹码。在这里，你不会觉得她出卖朋友，因为她既对小包总有基本的人品判断，也对安迪的风格有把握，她很清楚安迪的"行程"不是机密，可对小包总却是很大的利好消息。她有自己的标准和分寸，绝不会超过那条线。

她是天生的生意人，懂得资源等价交换的法则，以“自己有”换得“自己无”，并且合理发挥，打动关键人物。

比如小包总，他对曲筱绡的评价，就是调侃中带着认同和小钦佩。

画重点

吸金能力开挂的曲筱绡，具备三种强者思维，分别是：

一、“恋爱要谈，工作更要拼”的独立女性思维；

二、“务实肯干，善于死磕”的商人思维；

三、“敢想敢做，敢做敢当”的领导者思维。

不想活成樊胜美，做到三步断舍离

对于很多人来说，在《欢乐颂》第二季里，最羡慕安迪，最想成为曲筱绡，最能感同身受的是关雎尔和邱莹莹，最不想成为樊胜美——原因大概有两个，一是不具备核心竞争力的她已经触到了职场天花板，二是来自原生家庭的重担让她在职场和感情中都力不从心。

很多局面，并不是不可以扭转，但是，如果处于樊胜美的境地，希望扭转局面，要做到舍弃哪些呢？

1. 舍弃人生初始设定，与原生家庭约定好责权利

《欢乐颂》第二季中，几乎每一集樊胜美都会崩溃，原因正是她的原生家庭——家里重男轻女，上有欠债的哥哥，父母既不是关雎尔家长那样通情达理的知识分子，也不是邱莹莹爸爸那样普通却勤恳的工人阶层，而是失去劳动能力，且不愿再去劳动的人——这就是樊胜美的真实出厂设置。

按照人格心理学，一个人成年后的性格和为人处事的方式，与童年有很大关系。樊胜美的成长过程充满了像曲筱绡这种富二代所不能理解的坎坷和辛酸，所以曲筱绡才会称樊胜美为“捞女”——看上去鲜艳亮丽，实则默默承担着整个家庭的重担；看上去精明干练，实则贪慕虚荣，想嫁富二代摆脱贫穷。

活到而立之年，樊胜美也没有摆脱自己的人生初始设定。这导致了

就算她和曲筱绡一样有创业梦，也不敢试错；就算她想和关雎尔一样尝试更有发展前景的技术岗位，却没有自信可以在专业上更加精深。更何况，技术岗根本不能满足她脱离家庭负担的要求。她活在原生家庭的初始设定里，不敢冒险，只敢选择最稳定的人事行政岗，生怕走错一步，资金就会断流，影响全家的生活。

现实生活中，多数人没有樊胜美那么沉重的家庭包袱，但是，几乎每个在大城市攀爬着的职场人，都有自己默默承受的家庭责任。我们无法选择出身，但能够选择用后天的努力来弥补。很多职场人把三十岁看作人生的一道关卡，职场女性尤其如此。职业正处于上升发力阶段，家庭琐事开始增加，精力也开始下降……除了原地感叹“我能怎么办，我也很绝望”之外，更应该理性地思考与改善。

首先，请认真地分析自己的人生初始设定条件，找出自己的优势和劣势，并给出“怎样接受自己的先天条件，突破原生限定”的执行方法。

其次，坦率地与家庭约定好权责，量力而为，不要事事包揽。别害怕，每个成年人都应该学会为自己争取主动权，我们得在思想和行动上独立于父母的牵制之外，活出自己的形状。刚毕业就要养家还债并不可怕，工作遇到挫折、发展暂时停滞也不可怕，最可怕的是，你在只能带给你负能量和消极情绪的原生家庭中，故步自封，放弃了自我成长和进步。这样的态度在职场上会处处遭遇瓶颈。

最后，舍弃玻璃心。企业不是福利机构，雇主更不是慈善家。企业和员工在追求利益最大化基础上互相博弈，“共生共荣”。原生家庭的负荷并不能成为企业宽容某个员工的理由，更不要因此而随意抱怨，敷衍工作。你的痛苦有目共睹，然而这并不能改变现实。怎样在事业与家庭之间做好有侧重点的选择，是别人无法替代你做的决定。

2. 舍弃投机主义：敢于担责任，放弃对男人和别人的依赖

樊胜美一直幻想会有完美的金龟婿来改写自己的一生，却不愿正视自身的条件并摆正自己的位置。在第一季中，她热衷于高端酒会，不放过任何一个异性向她示好的机会，她内心深处对改变命运的期望，是投机性的。

她混迹职场多年，“套路”信手拈来，说话做事恰到好处。照理说，这样的人应该是大受欢迎的职场核心人物。可事实却是：从菜鸟HR变成资深HR，一做十来年，除了前缀略微有变化之外，基本在原地踏步，因为她对待工作的态度，也是投机的。

想要在职场上有所突破，就必须舍弃投机主义。

第一，要敢于突破对自我的限定，迎接新的挑战。的确，走出舒适区、进入新领域会增加人的焦虑程度，可结果却会提升对工作的专注度，并且构建新目标和新领域，人的工作表现和技巧将得到优化和改善。

著名主持人杨澜曾经离开了红极一时的栏目《正大综艺》，去美国哥伦比亚大学国际及公共事务学院深造，获国际事务硕士学位，回国后创立了阳光媒体集团，被福布斯评为全球最具影响力的 100 位女性之一。

职场与商业的本质基本相同，都是不断创造价值和利润。在企业里坚守十年原地踏步，从某种程度上也表明老板并不认可你的价值，或者说，在这十年里你的个人提升幅度不大。面临这种状况，真正的有心人会反思自己的核心竞争力到底在哪里。如果仍然像职场新人一样杂而不精，什么都知道一点但什么都无法做到专家的程度，就很难达到另外一个层级。导致这种结果的原因往往有两个：或者是你没有找到自己真正的优势，或者是不愿意下苦功夫往高精尖再多走一段。

第二，有意识、有目标地自我提升。在剧中，樊胜美与其他四美有一个鲜明的不同之处：阅读习惯。安迪和关雎尔自然不用说，看书是她们的工作和生活习惯；邱莹莹虽然资质平平，但也知道失败了读点儿“成功学”的书；就连一直被赵医生嫌弃没文化的曲筱绡都明白读点书来临阵磨枪，或者去上个MBA，学到一些所谓“唬人”的词。只有樊胜美，她在第一季中从来没有出现在阅读或者学习的场景中，第二季因为换了工作，开始阅读一些理财方面的专业书籍。

她有一屋子的化妆品、包包和衣服，却没有几本书；她的很多努力都用在了保养皮囊和在富人堆里“掐尖儿”上了。对于她来说，提高自己就是化妆、换新衣服、和更多有实力的异性交际。这细想起来非常可怕——在所有人都想着怎样提高职业技能的时候，原本的生活经验和过去的“老本儿”都不可靠。

高颜值在职场上确实是一种竞争力，但并不是无往而不利的撒手锏，只有搭配真才实学，才有说服力。真正的职场规则是，才华不够，努力来凑。那些既追求美，也抓紧奋斗的人，胜出的可能性才更高，毕竟好皮囊也有保质期，期望通过美貌得到财富和肯定，根基总是不够牢固。

3. 舍弃小聪明：打开职场大格局

第一季某一集，樊胜美教邱莹莹对付楼下找茬的业主：“死不开门，坚决不承认！”安迪在旁边听到了恍然大悟：“难怪樊胜美如此精通人情世故，却只达到中游，原来是个办公室油子。这种油子在大公司里很常见，未必败事有余，但总在每一件具体的事情上熟练利用规则，一再逃避责任，永远担当不了成事的职责。”

简单来说，职场人精确实跟谁都能处得来，能说会道，但这绝不是情商高，因为懂得负责任和担当也是情商的一部分。每次遇到棘手的问题，职场人精第一时间不是考虑怎样快速合理地解决问题，而是想着怎样明哲保身，逃避责任；他们缺少格局，更看重眼前利益，长远规划能力不强，工作也只是达到标准就好，不求精进，时间长了，周围都是明眼人，不可能获得真正的认可。

想要打开职场的大格局，必须舍弃“人精”们惯用的小聪明。

第一，责任越大，光环越大。安迪虽然态度强势，但是实力也过硬，下属不服，她直接用数据说话，出了问题马上承担，效率高，问题很快解决；邱莹莹虽然曾经因为冲动被开除，却很快找到了更适合的平台，发现商机就立刻开动。在职场中，一定要主动担当。因为企业永远希望员工能解决问题，如果怕输、怕承担责任而规避掉所有风险，那么在职场上也只能做到“平平而已”，不会有发光的那一天。

第二，主动寻求解决方法。樊胜美不止一次崩溃地冲着电话那头的王柏川喊：“我需要你的帮助，我需要你能有解决我实际问题的办法！”因为她刚刚接到母亲找她要钱的电话。家事尚且需要旁人来解决，职场上又靠谁来帮忙呢？我们多半人没有安迪的天赋，也没有曲筱绡的富裕背景，甚至很可能在面对问题的时候也像樊胜美一样惊慌。

但是，职场就是一个个问题的叠加和击破，没有捷径可走，每一条弯路都是必经之路，唯一能做的就是在不断的试错、积累和总结之中循序渐进。

画重点

针对每个困境，我们提供具体可行的建议，希望你能从中获益，丢掉不该背负的重量，发现自己没有察觉的缺点，修正后轻装上阵。

“知无不言，言无不尽”为什么不是好习惯

1. 大多真相，都是一把匕首

读者M在邮件中说了一件难以启齿的事：

她曾经是位小城姑娘，初恋也发生在那座依山傍水的南方城镇。对方清俊痴情，对她一往情深。相恋两年，她一度认为自己很幸运，初恋就找到了幸福。

但是，幸运与不幸却是一张牌的正反面。

两人很快谈婚论嫁，此刻她才发现，男友是个彻头彻尾的妈宝男——男方全家提出海量不合理要求，甚至包括婚后必须生出男孩。M和家人坚决拒绝，婚事也告吹。这本来是一桩普通的未遂婚姻，可是，男方却将之演变成“艳照门”：前男友在网络上公开了M的不雅照片。

总人口不超过五十万的小城，顷刻间沸腾了。

然而，坏事也有可能成为好事的起点。

M被迫离开家乡来到上海，父母也搬到城市的另一个区域。再翻滚的开水终有冷却的时候，世易时移，M在上海发展顺利，做到公司销售总监的职位，嫁了体贴周到的上海丈夫，有房有车，有笑有爱，准备在合适的时候要个孩子。

一切看上去圆满极了。

不过，月满则亏，生活最风平浪静时，往往是暴风雨的前端。

M和丈夫无意中看到一条帖子：艳照被前男友恶意泄露，女孩谈婚论嫁的现男友当即与其分手。夫妻俩异口同声谴责渣男，M的丈夫甚至拿自己做比方：在女人最脆弱、最需要声援的时候，哪个男人能做这么不义气的事？谢霆锋都没在张柏芝“艳照门”风口浪尖时提离婚。M特别感动，觉得是时候把压在心底的秘密和盘托出了——她对丈夫坦白了自己的艳照门。

在M想象中，丈夫应该像刚才那样，张开双臂，紧紧拥抱住受过伤害的自己，用下巴宠溺地抵住她的长发，口气柔和而愤怒地说：天啊，这些年你是怎么过来的！从此，我再也不会让你遭受这样的侵犯。

或者，他激动地冲进厨房掂起一把菜刀，一定要把那个渣男找出来单挑。

这些反应，才符合丈夫刚刚听到别人故事时的义愤填膺，才对得住夫妻间的一往情深。

可是，丈夫并没有这样。

他松开了搂紧M的手，平静地问了些当时的细节：照片都是什么内容？网络当年怎么说？M怎么会答应前男友拍下那种照片？后来前男友有没有再联系和勒索？是否知道M的现状？

然后，他背向M，呼吸均匀地睡着了。

此前，夫妻俩连睡觉都要手拉手，这场坦白却成为夫妻关系的转折点。此后半年，丈夫变得冷淡、心不在焉，有一次甚至说：“你不应该告诉我细节，我心里过不去。”

邮件的结尾，M问我：“筱懿姐，难道我做错了吗？夫妻之间不应该坦诚相告吗？为什么体谅别人却不能体谅自己的妻子？”

2. 假话全不说，真话不全说

和美的夫妻，除了情感相投，都十分了解对方的喜好和底线。

都说帝王难得有真爱，唐太宗李世民和长孙皇后却是一对例外。长孙皇后十三岁出嫁，二十六岁当上皇后，三十六岁去世，脾气冲动的李世民没有对她说过一句重话。《新唐书》和《旧唐书》里反而记载了铁血直男的几度落泪，尤其妻子去世后，李世民常常登上宫中能眺望到皇后墓地昭陵的高楼，寄托哀思，悲恸大哭。

抛却夫妻情深，唐太宗对长孙皇后的感情，很大程度上来源于妻子的善解人意，明白什么话当讲什么话不当讲，知道用怎样的方式交流才真正有效果。

李世民很容易暴躁。

有一次，他非常喜欢的一匹骏马无缘无故突然死了，他大发雷霆，当即要处死养马的宫人，现场没人敢劝。

长孙皇后听说之后对他讲了一个故事：

从前，齐景公和您一样因为马被养死了，要杀养马人，晏子当着齐景公的面列出养马人三大罪状，说："你把马养死了，这是第一条不可赦的大罪；你养死了马，还惹得国君大怒杀人，老百姓知道后，一定痛恨国君残暴，这是第二条大罪；其他诸侯国听说后，觉得我们国君凶暴残忍不被爱戴，看不起齐国，影响齐国的名声，这是第三条大罪。"

齐景公听晏子说了这三条所谓的大罪，就饶恕了养马人，而陛下您也读过这个故事，难道忘了吗？

唐太宗听完皇后的话，怒火很快平息，宽恕了养马的宫人，还对大臣房玄龄说："皇后用平常故事劝我，润物无声，我很容易接受。"

贞观六年（632年），唐太宗准备到泰山祭祀天地。古代"封禅"泰山需要具备两个条件：一是天下太平，国家兴盛；二是天降祥瑞。国家兴盛说明帝王功高德显，天降祥瑞说明上天对帝王的表彰，此时帝王要借助仪式回告上天，就是封禅大典。

可是，重臣魏征坚决反对这件事，他认为去泰山祭祀天地劳民伤财。恰巧这一年黄河中下游两岸发生水灾，封禅的事只得作罢，要面子的唐太宗心里非常不痛快。终于，在魏征又一次顶撞的时候，唐太宗退朝回宫，脸色铁青，一见到长孙皇后就愤愤地说："有朝一日，我一定杀了这个种田佬！"

长孙皇后得知经过后，非常担心，但是，她很清楚当面替魏征求情不会有好的效果。思量之后，她默默退回内室，换上一套参加隆重庆典和祭祀时才穿的皇后宫服，出来径直跪在地上，向丈夫稽首道贺："古人说，只有君主圣明，大臣才能直言。现在魏征说话如此坦率，不正是由于陛下圣明吗？君明臣直，是国家和百姓的喜事，我怎么能不向陛下道贺呢？"

唐太宗立刻醒悟。

长孙皇后有独特的处理丈夫情绪的方法，最重要的原则是：绝不在对方愤怒时火上浇油，劝说争辩，她善于避开风口，等对方平静后再讲道理。

同样，唐太宗的心理，她了如指掌。她从不说假话，也不把所有真相和盘托出。生活琐碎，太多真相没有实际意义，反而会成为压垮骆驼的稻草。

3. 情商高的人，能准确识别他人情绪

正常人的情绪，都有个逐渐过渡的过程，极少瞬间从平静直接升级成爆发。别人情绪转变的经过，考验着我们察言观色的能力。

情商高的人，既能把握他人情绪转变的高点和低点，清楚对方承受的底线，也能准确识别出情绪的绿灯、黄灯和红灯，从而控制自己谈话的内容。

看到对方兴致勃勃，轻松继续；感到别人情绪波动很大，迅速转换话题；遇到他人承受极限，果断停止自己的描述。

生活中，我们都遇到过伤害，打上封闭静默就好，没有必要知无不言、言无不尽，对身边人造成二次影响。

不要指望每个人都具备同理心，自己要先练就“换位思考”的能力。

对于开篇说到的读者M，谁没遇到过个把渣男，何况现在并无瓜葛，她早已走到对方射程之外，这段往事不用选择撒谎，但可以考虑不说。

人们对待“别人的事”和“自己的事”大多双重标准，M丈夫的反应，无论是一心护妻，还是内心翻江倒海很难翻篇，都可以理解。

关键在于M本人，对丈夫的承受力有没有准确的判断，以及发现丈夫情绪波动之后，有没有及时中断。

高情商的人，懂得敬畏人性复杂的真实。

亲密关系中，杀伤力最大的，往往是纤如毫发的细节和多余的坦诚：前者让人避无可避，深入骨髓；后者犹如匕首，刺穿心扉。

画重点

正常人的情绪，都有个逐渐过渡的过程，极少瞬间从平静直接升级成爆发。别人情绪转变的经过，考验着我们察言观色的能力。

情商高的人，既能把握他人情绪转变的高点和低点，清楚对方承受的底线，也能准确识别出情绪的绿灯、黄灯和红灯，从而控制自己谈话的内容。

看到对方兴致勃勃，轻松继续；感到别人情绪波动很大，迅速转换话题；遇到他人承受极限，果断停止自己的描述。

漂亮可以夸张，美却是克制

1. 漂亮和美有什么区别

和化妆师Lucy第一次合作时，我心里不够信任她，所以话特别多，不停对她说："我不适合用大地色眼影，显得眼睛肿；口红用玫红色系和今天的衣服比较搭配；眉毛再画粗一点吧，显得更自然；我最近长胖了，脸上的阴影要不要多打一点，显瘦……"

Lucy直截了当地放下化妆刷："你再这么有主意，我就没法工作了。我收费不便宜，如果完全按照你的想法，你请我的钱就白花了。请克制自己的干涉，别影响专业人员的判断。"

我被她一句话摆平，内心充满佩服，不再唠叨，转而请教她关于化妆的问题："Lucy，你觉得化妆师最重要的技能是什么？"

她一边打粉底一边说："审美观呀。最漂亮的五官全部集中在一张脸上，可不一定好看，因为整张脸到处都是重点，看得人眼花缭乱，哪还有心思去感受这个人美不美呢？审美观好的化妆师，更懂得克制，有那么多工具和材料，却不对你的脸滥用，只去扬长避短，找准一个重点，发挥你五官中最大的优势。"

我再问她："那你觉得漂亮和美有什么区别呢？"

Lucy笑起来："如果要漂亮，我按照流水线的操作，把你的五官全部强化一下，涂点彩妆，肯定比素颜好看。但是，美不同，美不能贪心，还要有个性。就比如舒淇吧，脸型嘴巴都好看，但是眼间距特别大，就要去微整开眼角吗？不必。用眉形和眼线调整距离，保持她灵动的气质，就非常有少女感。所以，化妆的高阶从来不是浓妆艳抹，而是自然和谐——漂亮可以夸张，美却是克制。”

各行各业，专业和悟性达到一定水准，都触类旁通。

Lucy确实是一位非常克制的化妆师，她的彩妆盘像个颜料铺，却从不画得花红柳绿；化妆包里口红林立，却极少用最艳丽的色调。所谓克制，或许就是像她这样，在选择余地宽广的状况下，依旧不贪心吧。

2. 把克制变成一种行为习惯

杰奎琳·肯尼迪是20世纪的时装偶像之一，但是她的个人条件其实很一般，曾经当过记者的她自黑说：“敝人身高五英尺七英寸（一米七四左右），棕色头发，方正脸庞，两只不幸的眼睛相距遥远，为配一副适合我鼻梁的宽大眼镜得花去三星期的时间，生就一副难以令人激动的身材，但若服装选择得当，尚能显得苗条。”

因为明白自己的短板和长处，杰奎琳的审美一向很简约：她佩戴简洁的珍珠项链，一头常年不变的短卷发，全身服装颜色不超过三种，有很多裁剪合体、面料精良的廓形裙，这形成了她独特的个人服饰风格。

这种审美的简洁和克制，渗透到日常行为中，最终在一个关键时刻，得到考验和体现。

1963年11月22日中午12：30，杰奎琳陪同丈夫——当时的美国总统约翰·肯尼迪乘坐敞篷轿车行驶过得克萨斯州达拉斯的迪利广场，约翰·肯尼迪遇刺身亡：第一枪击中脖子，杰奎琳扑上去摁住伤口；第二枪击碎头盖骨，杰奎琳爬上敞篷车，去捡丈夫被打飞的头盖骨。

其间只间隔了七秒钟。

从来没有人告诉过她，怎样的举止更适合痛失丈夫的第一夫人，没有彩排和预演，甚至突发到连反应的时间都以秒钟来计算，命运很残酷地砸给她一道悲痛的难题，她前半生的全部修养和情商，都得在这一刻上场。

当然，杰奎琳可以选择痛哭，谁都会原谅女人此刻的柔弱，但是，她没有这样做。在“空军一号”从达拉斯飞回华盛顿的过程中，她一直穿着被丈夫鲜血染红的粉红色外套，她说：“让人们看看，他们（指杀害总统的凶手）做了什么。”在肯尼迪的葬礼上，她身披黑纱，领着五岁和三岁的两个遗孤，亲手点燃总统墓前的不熄之火。

比起流泪和悲痛，她明白克制地表达尊严更为重要，比起打扮得体的美丽女人，行为得体的第一夫人更有分量。

3. 克制是情商的重点

我见过很多某方面能力很强的人，行为上却特别不克制，包括我自己。

有人夸我会说话，于是我滔滔不绝地说，丝毫不给别人留下接话和打断的余地；有人身材特别好，穿什么都好看，于是每天都要打扮到无懈可击，即便参加别人的聚会，也要艳压女主角；有人是完美主义者，一定要求所有人都与自己节奏一致，标准一样，迁就性很弱；有人羽毛球打得特别好，于是每次都要扣杀，让别人都变成陪练。

每个人都有长处和优势，能够克制自己求胜、求美、求好、求全的执念，才会平定心境，兼顾他人的情绪。

而情商，并不是长袖善舞，圆滑世故。情商中的关键点，是锻炼情绪的可控性，从而增强理解他人以及与他人共处的能力。

表情克制，就不会让人误会你想表达的情绪；言谈克制，说错话的概率会减少很多；行为克制，就不会太冒进；欲望克制，心有余而力不足的挫败感能降低很多。

我曾经是个话特别多的人，意识到言多必失后，我开始问自己三个问题：第一，我说的话都确认过是真的吗？第二，我说的话都是出于善意吗？第三，我说的话对现在的情况有帮助吗？

问完自己这三个问题，我的话少了一大半。

这就是克制的力量。

就像当时Lucy特地补充："我的客户里，打扮得顺眼而舒服的女人，情商往往比花枝招展的女人更高，因为她们更懂得节制。"

画重点

每个人都有长处和优势，能够克制自己求胜、求美、求好、求全的执念，才会平定心境，兼顾他人的情绪。

而情商，并不是长袖善舞，圆滑世故。情商中的关键点，是锻炼情绪的可控性，从而增强理解他人以及与他人共处的能力。

Chapter 04

自励情商

对于女性而言，颜值和家境确实是天生的加持，

但对人生的掌控却是后天的训练。

自我掌控感究竟来源于哪里

很多女人都自称“缺乏安全感”，恋爱不稳定，工作不顺心，家庭和事业没法平衡……让女性安全感不足的来源很多，但归根结底，还是因为对生活和自我的掌控感不强。

自我掌控感究竟来源于哪里？怎样才能提升呢？

1. 用“任务分解法”打怪升级，每一步都走得清楚明白

全智贤是好感度特别高的女明星，至今大家依旧记得她塑造的“野蛮女友”形象。

2001年，全智贤和车太贤领衔出演电影《我的野蛮女友》。这部电影让全智贤迎来演艺事业第一个高峰，获得了韩国电影“大钟奖”最佳女主角，当年二十岁的她却很清楚一招鲜不可能吃遍天，需要更多的好作品说话。

2006年，她主演的文艺片《雏菊》以200多万座次成为韩国票房冠军；2012年，她主演的《盗贼同盟》创造了1298万的观影人次，一度位列韩国影史第一；2013年，全智贤凭借《来自星星的你》入围第五十届百想艺术大赏最佳女演员。

除了对事业有明确的方向，全智贤对学业也有自己的节奏。

她凭借实力考上韩国东国大学——这所学校的综合竞争力在2015年QS

亚洲大学排名中位列77，尤其以演艺界和文化界名人辈出的戏剧电影系和影像研究生院而闻名，是全韩国顶级的戏剧表演和影视艺术研究学府之一。选择去那里学习，能看出全智贤对专业和事业合二为一的规划。在校期间她多次获得奖学金，以优异成绩从东国大学硕士毕业。

感情方面，在盛产绯闻的娱乐圈，全智贤是绝缘体一样的存在。

三十一岁这年，她直接跳过绯闻环节，大方向媒体公布婚讯，和圈外丈夫崔俊赫走入婚姻。两人青梅竹马，崔俊赫担任美国银行高层，从事金融事务。

很多人羡慕全智贤“好命”，可她的经历并不仅靠命运厚待。

十六岁出道，三十一岁结婚，三十四岁做母亲，全智贤每一步都走得很稳健。和一些把事业与家庭搅在一起，最终把自己累到筋疲力尽的人不同，全智贤把事业和家庭两条线运行得有条不紊，目的明确，非常善于拆解目标，明白什么时候做什么事情最恰当。

任务分解法就是这样一种处理方式，它的路径是：目标→任务→工作→活动。通过拆解，把抽象的目标演化成具体的行动，再一步步执行到位。

比如，希望在演艺事业上获得成绩，需要不同类型的具体作品，所以我们看到全智贤基本上每年都有新作品，从文艺片到谍战片，从大电影到电视剧，内容与形式都有突破。

要保证作品质量，需要日积月累的专业演技，所以每一部戏里的全智贤都非常努力：《盗贼同盟》里的动作戏，她全部亲自上阵；拍《蓝色海洋的传说》时，常常要在水里泡一整天，她也毫无怨言。同时，她在东国大学的学习也在稳固着专业的基础。

同样，期望在娱乐圈收获稳固的家庭，需要真诚、耐心和低调，所以观众看不到她晒幸福、秀恩爱。比起分分合合都要上头条的艺人，全智贤在公布婚讯之前，基本没有绯闻，怀孕也选择不透露，依然参加电影《暗杀》的宣传，直到距离预产期很近才停工。

对于女性而言，颜值和家境确实是天生的加持，但对人生的掌控却是后天的训练。出道近二十年依然保持常青树姿态的全智贤，明白目标不是一蹴而就，她耐下心来完成一个个具体的任务，它们环环相扣，共同拼接起了最终相对圆满的结果。

2. 加强自我领导力，尝试改写人生剧本

自我领导力强调个人主动性，以一种有远见、有规划和负责任的方式支配自己的行为，达成自己的目标。这适用于生活的方方面面，需要全身心地投入并且最大限度地激发自己，拿回主动权，改写原本的命运轨迹。

卡塔尔的传奇王妃谢赫·莫扎是位自我领导力极强的女性。

莫扎毕业于卡塔尔大学社会学系，十八岁嫁入卡塔尔王室，成为卡塔尔前国王哈马德的第二任妻子。

刚进入王室的莫扎，生存环境并不梦幻，王室其他成员对莫扎不算友好。

但是，莫扎很快显露出她的与众不同。

她利用卡塔尔的沿海优势，投资珍珠采集和加工行业，将成色较差、颗粒较小的珍珠收集起来，用于制造手工艺品，价格一下翻好几倍，卡塔尔的采珠行业获得明显振兴。随后，她又瞄准机遇，发展珍珠人工养殖业，让卡塔尔多了一项经济收入。

莫扎一系列举措带来的收益，获得了王室认可，地位逐渐稳固。哈马

德国王虽然有三个妻子，但每次出国访问，陪同者都是莫扎王妃，甚至有一次在机场，记者拍到国王亲自蹲下身为王妃穿高跟鞋的画面，这在保守的中东地区极其罕见。

在丈夫哈马德的全力支持下，莫扎负责起王室财务和投资管理，进而又成立国家投资局，再次展现出敏锐的商业眼光。她在全世界进行房产投资，购入了从伦敦北到伦敦南的大量地产，甚至花九亿美元收购伦敦奥运村，还有黎巴嫩阿列伊河郊区的庞大地产，这些地区的房产升值，再次提升了卡塔尔的经济实力。

她修建了多座艺术博物馆，买下大量艺术品，为卡塔尔积蓄旅游资源。

除此之外，莫扎也擅长投资奢侈品品牌：七亿美元收购华伦天奴，五亿美元收购时装三巨头之一的巴尔曼，然后在中东开展奢侈品业务，以地域和资源优势经营获利。

莫扎强大的领导能力，无论对个人还是对国家，都是掌控力的体现。她努力发展教育、科技、艺术行业，带领卡塔尔以不同于其他中东国家的发展模式前行，卡塔尔的经济竞争力排名阿拉伯国家第二位，仅次于阿联酋。

莫扎被称为卡塔尔现代史上最大的奇迹。有人羡慕她嫁入王室，有人羡慕她拥有漂亮容貌和巨额财富，但独一无二的自我领导力才是她耀眼的真正原因。这种高度决断和主动负责的态度，是她掌控力的来源，人生也因此有机会被改写。

3. 完善独立人格：敢于坚持自我，更要敢于说“不”

很多人认为，独立就是有一份自己的事业，坚持自己的梦想。实际上，这只是独立的基本。

独立人格是指人的独立性、自主性、创造性。具有独立人格的人从不畏惧来自他人的反对，她们习惯独立思考，控制情绪的能力强，注意维护自己的权利。

经典电影《乱世佳人》中梅兰妮的扮演者奥莉薇·黛·哈佛兰，就是一个敢于说“不”，敢于维护自己的权利，要把主动权放到自己手里的女人。

哈佛兰从小非常有主见，很清楚自己的喜好。

她在高中担任戏剧社社长，家人和她谈了很多次，希望她不要“不务正业”，甚至下了最后通牒“如果选择演戏，就再也不要回家”，哈佛兰依然没放弃演戏。

1934年，十八岁的哈佛兰登上了正式舞台，出演新版《仲夏夜之梦》的女主角赫米尔。由于表现出色，华纳兄弟随即邀请哈佛兰出演电影版《仲夏夜之梦》，并和她签下了五年合约。

一段时间后，哈佛兰发现，她被分配到的角色都是很傻很天真、需要依附男人的姑娘，通俗点说就是“傻白甜”，这和她向往的独立勇敢的角色相去甚远。

于是，她几乎推掉了所有“傻白甜”的角色邀请，在当时的好莱坞另类极了，几乎没有演员具备这样的主动性和勇气：一方面，哈佛兰清晰地定位自己的风格，并主动去寻找匹配的角色；另一方面，她拒绝的底气来自她拥有的实力。

1935年，她饰演《铁血船长》中勇敢坚强的女主角，这部电影获得了当年奥斯卡最佳影片提名，也让那时十九岁的哈佛兰赞誉满身。

随后她等来了《乱世佳人》的片约，和大部分想演斯嘉丽的女演员不一样，哈佛兰看完剧本，锁定了女二号梅兰尼。

为了得到想要的角色，她主动出击，找到制片方，以她对角色的理解说服了对方，最终如愿以偿。

参考自己的特点和大荧幕表现，哈佛兰越来越明确自己的角色定位，做出更大胆的举动：凡是“傻白甜”剧本，全部罢演。

拒演之后，公司不给哈佛兰其他本子，并用耗时间和延长她的合同期作为“不听话”的惩罚。20世纪三四十年代，按照行规，合同期指的是满打满算的工作时间，不包括休息时间。

其他有类似情况的演员最后都屈服了，但哈佛兰没有，她在1943年8月将华纳兄弟告上法院。

1944年12月，加州法院宣布哈佛兰胜诉。政府因此颁布了加州劳工法第2855条，禁止电影公司用这种方法违法延长合约。这条法律也被称为“哈佛兰法”，直到现在仍然保护着美国演员的自主权。

敢于维护自己权利的人，机会也会特别青睐她。从此之后，哈佛兰在挑选剧本上更加自由。1945年，她参演《各得其所》，饰演一个不被儿子承认的母亲；1948年，她主演讲述精神病人的《蛇穴》；1949年，她在电影《女继承人》中饰演父权控制下想要逃离的女儿。

这三部作品让她获奖无数，其中包括两个奥斯卡最佳女主角。

2017年6月，英国女王授予了哈佛兰“女爵士”称号。

坚持正确的判断，对不恰当的安排说不，对合适的机会全力争取，必要时敢于维护自己的权利，这些优秀品质构成了哈佛兰对人生的掌控力。如今年纪过百的她依然精神矍铄，活得清醒自在。

画重点

掌控力强的女性基本都是目标导向，做事方向清晰，懂得以结果约束过程，而不是散漫要求自己，获得不可控的结果。

史蒂芬·科维在《高效能人士的七个习惯》中提出：认清方向是以结

果为重，而非日常活动，因此你才能辨别目的地，还能明确身处何处，为自己抵达终点提供信息和时间。当你所有的努力和能量汇集在此，就能从中发现日常活动的意义和目的，会变得更加主动积极，去掌控生活，实现每日、每步的目标。

如何正确对待“同伴压力”

学生时代，我们最怕被父母拿去和“隔壁家的孩子”做比较；独立后，听到同龄人、同一个圈子的朋友过得更好时，除了祝福，也会有无形的紧迫感；大多数人每天刷微信，除了为社交，也有“朋友圈焦虑”……

为什么和更优秀的人在一起，反而不那么“舒服”呢?

因为强烈的“同伴压力”。

同伴压力指的是因为渴望被同伴接纳、认可、肯定，为了避免被排挤，于是选择违背自己的意愿所产生的心理压力。这里的同伴不只是你所处群体中的成员，比如同学、同事，也包括与自己年龄、地位、所处环境相仿的人。无论你对所处群体观感怎样，是喜欢还是排斥，都无法避免受到来自他们的影响。

同伴压力有两类：从众型同伴压力和竞争型同伴压力。从众型同伴压力指的是：迫使你和你的同伴“保持一致”的压力。竞争型同伴压力指的是：迫使你在群体中变得更加出类拔萃的压力。

由此可见，同伴压力并没有多可怕，它是把利弊共存的双刃剑，如果用得好，自己也能成为“更好的人”。

1. 把压力转化成助力：耀眼的同伴，能成就更好的自己

我们身边总会有一些很优秀的朋友，他们的存在，常常让人添堵甚至

怀疑人生：为什么他可以做到，我却不行?

可换个角度看，他们的耀眼，也或多或少照亮了我们前行的路。这些“化不可能为可能”的榜样，会让我们觉得“既然他可以做到，那我也可以”。这种心理效果叫做“代理体验”，能够有效消除我们心中对未知的恐惧和不安。

中国跳水队向来不乏关注和荣誉，伏明霞、郭晶晶都是开创时代的运动员，包揽了很多重要比赛的冠军。

而当年的吴敏霞虽然也拿到过一些冠军，可是前辈的光环太耀眼，她的存在感不强，甚至被戏称为“千年老二”，但在国家跳水队领队周继红眼中，她却是个“特别有毅力的小孩”。

吴敏霞六岁与跳水结缘。1998年，十三岁的吴敏霞入选国家队，这里有着最严苛的规矩：所有小运动员经过一段时间共同训练，如果没有表现出足够的潜力，只能打道回府。

同伴们都是全国最优秀的选手，压力可想而知，但这个上海姑娘丝毫没有普通女孩的柔弱，她默默无声地积累实力。

2004年和2008年，吴敏霞的搭档是郭晶晶，每次采访，吴敏霞都让郭晶晶全权发言，并且谦虚地说“她（郭晶晶）的贡献更大”；2012年伦敦奥运会，搭档换成何姿；到了2016年，她身边是“90后”施廷懋，一个二十五岁，一个三十一岁，在迭代速度极快的职业运动员中，这对搭档分明就是“两代人”。

对于很多跳水运动员，三十一岁已经是退役的年龄。

双人赛讲究各方面的同步，对同伴的默契度要求很高，同伴水平比自己高一点或低一点，都做不到完美呈现。吴敏霞每周六天的训练，动作从不打折扣，追不上搭档的步伐时，她就加班加点地练。

在里约奥运会女子跳水双人三米板比赛中，施廷懋、吴敏霞以345.60的分数拿下金牌。

不是机遇终于轮到了她，而是背负着压力的坚持，终于绽放，赢得了应有的关注与钦佩，尽管在此之前，吴敏霞已经获得二十六个世界大赛冠军和四枚奥运会金牌。

从默默无闻的配角到耀眼的“四朝元老”，这个过程，吴敏霞花了十七年。曾经有人计算过，十七年的高强度训练，意味着几十万次的跳跃和入水。

日本心理学专家久世浩司在《抗压力：逆境重生法则》里认为：学历和智商都差不多的精英人才中，能抗压力的属于“石头型精英”，他们灵活地和压力相处，平稳快速地成长；抗压能力弱的属于“玻璃型精英”，他们在残酷的同伴竞争中很容易受挫，然后一蹶不振。

曾经有人说吴敏霞习惯了生活在郭晶晶的阴影下，但她从来不是“与世无争”，她默默观察着自己与同伴的差距，安静地追赶和弥补，耀眼同伴的存在，让她树立更高的目标，最终达成目标，散发更耀眼的光芒。

2. 把压力关在“门”外：增强“思维体力”，免受负面干扰

有一次，鲁豫采访白岩松，问他怎样面对压力，白岩松回答了四个字：学会关门。

经常出现在电视镜头中的白岩松，严肃犀利，擅长针砭时事，从医疗改革到外交关系，从抗洪抢险到大地震，白岩松报道的热门事件越多，对于他本人的关注度就会越高。

白岩松对此却很豁达，他说：“新闻主持人这个行业既是名利场，也是绞肉机。因为公众人物在大众心中的形象是摇摆不定的，可能今天还是

‘民族脊梁’，明天就被众口指责。”

如果在这样的职业环境中，没有一扇门把自己与噪音隔开，就会每天活在别人的眼光和评价中，压力丛生。所以，平时工作一结束，白岩松就会把和工作有关的一切关在“门”外。

“关门”的能力实际上是抗干扰能力。抗干扰能力强的人思维体力也更好，他们一边把噪音关在门外，一边调整好情绪，做自己计划中该做的事。

在群体中，不论竞争力高低，都会感到同伴压力。

竞争力强的人，比如白岩松，一举一动都被他人关注，承受着舆论风口的同伴压力；而竞争力弱的人，则承受被群体中其他人轻视和边缘化的压力。

2009年英国达人秀上，或许你还记得这个人：壮实、淳朴、两道粗眉，脸上依稀可见雀斑印记的“苏珊大妈”。这位脸上带着羞涩微笑的乡村妇女演唱电影《悲惨世界》中的插曲《我曾有梦》，用美妙清亮的歌声惊艳四座。

苏珊大妈外表平凡却才华横溢，出生时的脑部伤害造成了不可逆转的学习功能障碍，她患有阿斯伯格综合征，少女时代经常被同学排挤，还被起了个“傻苏珊”的绰号。

苏珊刚刚走上英国达人秀的舞台时，台下观众丝毫看不上这个不起眼的中年妇女，尖刻的评审西蒙·考威尔还不停地嘲讽她的外貌和家乡，现场几乎没人想听她唱歌，但在她开口之后，形势立刻扭转，歌声征服了观众，全场为她动容。

苏珊大妈自己这样形容这段经历：

我对自己说：“好吧，你要么厚着脸皮表演，要么紧张得在众人面前丢脸，但看在老天的分上，不管怎样，你现在都得上台去！”于是，我大踏步上了台，双手紧贴屁股——这个来自布莱克本的老娘们儿，顶着鸟窝头，穿着金色连衣裙，双膝打着战就这么登台了。

我听见观众群中传来几声嬉笑，我意识到，已经有人开始嘲笑我了，但我这辈子被嘲笑的次数太多了，因此很擅长冷面置之。我要唱《悲惨世界》中的插曲《我曾有梦》，因为我觉得这首歌说出了我的感受。我刚失去了母亲，面对凄凉孤单的未来有些无所适从。我很寂寞，也很沮丧，因为我觉得我的生活不会改变了，我要唱一首很有力量的歌曲。

于是我张开嘴巴，开始歌唱……

她成功了。

苏珊能脱颖而出，除了日积月累的努力，更在于坚定的抗干扰能力，她非常善于转换心态，把消极的舆论和压力关在门外，不听也不在意，专注完成自己真正想唱的歌。

3. 用平常心面对压力：拓宽价值感来源，降低“相对剥夺感”

如果身处的群体中，同伴们都很优秀，你会很容易产生“相对剥夺感”。

比如，你的季度考核排在全公司第三，和你关系要好的同事却排名第一，那么，即便你已经是佼佼者，却依旧会有“成就被剥夺”的沮丧感。

就像人们常说的，比上不足，比下有余，但你却偏偏要往上比。

“相对剥夺感”让你很难为取得的成绩感到满足和自豪。同样，负面的同伴压力会降低你的“自我价值感”，怀疑自己是不是不够好；而且，你越重视某个领域里自己的成就，当被别人超越时，承受的打击就越大。

2016年10月13日，诺贝尔文学奖揭晓，美国艺术家鲍勃·迪伦获奖。尽管直到9月底，村上春树一直是提名名单中呼声最高的作家，但这次依旧是个陪跑者。他从2009年一直陪跑到2016年，整整七个年头。

有人说他早期的作品里，看上去总是不带一点成功的欲望，是因为他开的酒吧保证了物质层面的需要，所以文字就有底气，还带着些许骄傲。年近七十岁的村上春树除了写作和开酒吧，还爱好跑步和旅行，拥有一位他挚爱的妻子高桥阳子。

谈到陪跑诺贝尔奖，村上春树很旷达："诺贝尔奖并不重要，读者才是重要的。"

如果一个人的价值感来源于多种渠道，那么即便在其中一个领域里被别人超越，也不会有"相对剥夺感"，依然可以从其他途径获得满足。就像村上春树，能从写作之外的生活中找到意义和价值，本身没有匮乏感的人，就能用平常心面对同伴压力。

画重点

同伴压力指的是因为渴望被同伴接纳、认可、肯定，为了避免被排挤，于是选择违背自己的意愿所产生的心理压力。这里的同伴不只是你所处群体中的成员，比如同学、同事，也包括与自己年龄、地位、所处环境相仿的人。无论你对所处群体观感怎样，是喜欢还是排斥，都无法避免受到来自他们的影响。

同伴压力有两类：从众型同伴压力和竞争型同伴压力。

从众型同伴压力指的是：迫使你和你的同伴"保持一致"的压力。

竞争型同伴压力指的是：迫使你在群体中变得更加出类拔萃的压力。

选择障碍症，可以这样破

在餐厅吃饭，有些人经常花很多时间点菜，点完了还要修改、替换，比起看菜单，他们更愿意点直接搭配好的套餐，避免选择障碍带来的痛苦。

选择障碍症，是一种不自信和逃避责任的心理，缺乏独立决断能力，在面对选项时异常艰难，甚至感到恐慌，无法正常做出让自己满意的决断。可是，选择随处可见，小到吃饭穿衣，大到工作婚姻，选择障碍症究竟该怎么破呢？

1. 用开放式选项克服“选择狭隘”，在重要问题上寻求更多可能性

平时和读者交流，我最常被问到的问题，以下几类占了很大比重：

我该不该与现任男友分手？我该不该跳槽或转行？我该不该放弃外派机会？我要和那个不重视自己的朋友绝交吗？亲戚开口借钱，借还是不借？

大家发现了吗，这些都是封闭式、非此即彼的选择题。

当我们过度关注一个问题时，视野会受限制，陷入“非此即彼”的二元选择，这是一种“选择狭隘”，也是人为设限。选择狭隘包含两种情况：一是只选择熟悉选项，我们称之为“单因曝光效应”；二是只选择第一反应想到的选项，我们称之为“路径依赖”。

如果把“我是否应该跳槽”，换成“我最想做哪一类工作”，再问问自己，就会得出不同层面的答案；而当我们陷入“跳槽与否”的二元选择

后，往往会忽视“职业发展”的长远目标。

同样地，在“我该不该分手” 这两个选项之外，是不是还应该有“怎样做可以改善关系”“怎么让关系保持冷静和稳定”“如何分辨感情中真正的障碍”等等不同选项呢？而且很明显，多元化的选项对你更有帮助。

社会心理学家罗伯特·扎荣茨认为：人们更偏好选择他们熟悉的东西，因为这种偏好会降低不确定性，这就是“单因曝光效应”。但是不管事情看上去多简单，都不会只有两个选择，放弃更多选项常常是害怕面对思考所带来的痛苦，所以，不妨把目光放长远，多看看其他选择。

在电视剧《我的前半生》中，袁泉塑造了独立优秀的职场精英唐晶的形象，她短发利落，谈吐优雅，剪裁良好的黑白灰套装，就像她从不拖泥带水的职场表现。袁泉演出了唐晶工作中的勇敢果决，也演绎了感情中的脆弱敏感，非常符合亦舒原著里“姿态好看”的新女性形象。

1996年，袁泉考入中央戏剧学院，成为“96级明星班”的一员，与章子怡、梅婷、胡静、秦海璐等并称“中戏七朵金花”。

少女时期的袁泉，气质独特，形象上镜，基本属于老天赏饭吃的类型。大学期间，她就参演了首部电影《春天的狂想》，并获得金鸡奖最佳女配角。2000年，袁泉主演电影《蓝色爱情》，获得金鸡奖最佳女主角提名。

极具辨识度的外形，在专业上刻苦努力，再加上高起点，袁泉只要像一般演员那样，顺势接广告、拍电影、演电视、宣传时机恰当，走红不是难事。但是，她没有选择大多数艺人的发展路线，而是略过常规选项，确定了对于一个演员来说更具挑战性的工作——去演话剧。毕业后，袁泉进入了中央实验话剧院。

话剧的传播范围相对小众，曝光率低，收入也少，非常考验演员的功力和耐力，但在袁泉看来，这才是忠于自己内心的工作，她更在意获得观众真正的认可。

2003年，袁泉演出《赵氏孤儿》，意外摔下舞台，打了六根钢钉和一根钢条；2005年，她重回舞台主演《琥珀》，在香港三天内预售门票达到三千张，创下香港话剧的销售纪录；2007年，三十岁的袁泉入选了“中国话剧百年名人堂”，同在名人堂里的，还有老舍、曹禺等前辈，她是其中最年轻的成员；2013年，她凭借《简·爱》获得了中国戏剧表演界最高奖项梅花奖。

她成为话剧演员中的大满贯，集齐三大奖项：梅花奖、学院奖和话剧金狮奖。

袁泉承认接拍影视剧带来的名气和收益具有诱惑力，但她没有办法同时做好几件事，必须做出选择。比起走量和快餐式的影视作品，她更愿意遵从内心，在话剧的舞台上深耕细作。

当你面对重要选择，感到左右都不是，抉择两难，请尝试打开思路，意识到还有一个选项叫做“其他”。这种开放式思维所带来的选项有助于我们克服“选择狭隘”，寻找到更多可能性。

比如袁泉，在“要不要做一个影视演员”的选项之外，发现了自己内心真正喜欢的话剧表演，以热爱为出发点，找到了不同的领域，并且走到了这个领域的金字塔尖。

2. 用“次级决定”克服“决策疲劳”，在不重要的选择上简单化

读完第一点，你可能会问，“开放式选项”适用于所有的选择场景吗？选择越多就越好吗？当然不是。选择有成本，每增加一个选项，就要相应地增加决策成本，当决策成本超出决策带来的收益时，就应该放弃一些不必要的选项。

在第一点中说到的开放式选项，只应用于相对重大的决策，日常生活中的一般性选择，过多选项反而会造成“决策疲劳”。

一项心理学实验分析了选择的多少对于购买行为的影响。实验设立了两个货架，分别堆了六种果酱和二十四种果酱。结果很有趣，二十四种果酱的货架比六种果酱的货架吸引的顾客数要多得多，但购买转化率却只有后者的十分之一。

这就是“决策疲劳”带来的低收益。

由此可见，在一些不那么重要的选择上，选项越少、越精简，对我们反而越有利，减少“决策疲劳”，就要先从简化选项开始。

奥巴马担任美国总统期间曾经说过：“你会发现我只穿灰色或者蓝色的西装，我试图减少小事上的选择。”他为了保存充足脑力去做一些关乎国家利益的大决定，通常会避免在日常选择上花费精力。他的衣柜里的西装可选样式很有限，在选择该穿什么衣服方面，他从不纠结。

不止奥巴马在日常生活中减少非重要的选择，很多男性一直践行着这样简化选项的“套路”——只穿黑色高领衫加牛仔裤的乔布斯，以及众多把衬衫牛仔双肩包当作标配的IT从业者——这种套路又叫“次级决定”，通过把一些选择固化成习惯或规则，来减少做决定的次数和时间，它能让你远离选择障碍，有更多时间考虑真正重要的事情。

或许你做不到像奥巴马那样每天穿同款西装，但你可以每天睡前搭配好第二天的服装，以此克服“出门穿什么”的纠结。

在随处可见的不重要选择上，女性或许可以试着学习男性的粗线条思维，用“次级决定”解决那些眼花缭乱的选项导致的“决策疲劳”，在选择时自愿设定一些限制，而不是天马行空；再放下追求最好的执念，追求“够好”即可；如果还能降低对选择结果的预期，就会大大减少失望的可能性。

这些简化帮助我们克服选择障碍，解放出更多时间。

3. 不要用本能反应代替思考，避免情绪化决策

人类祖先在面对威胁的时候，有两个本能反应：一是愤怒，用于在危险较小的时候吓退对手；二是逃避，用于危险较大的情况下，自我麻痹。这两种情绪化的应对里都没有“理性思考”的成分，情绪化决策就是人在特定环境中，出于本能的反应。

情绪支配决策，将造成不可预估的后果。情绪化的破坏力来源于当事人已经放弃理性，而理性是人类与动物的重要区别。一旦决策中我们使用了“就算怎么样，也要怎么样”“不是怎么样，就是怎么样”之类的关系词，就很可能陷入情绪化决策而不自知。

玛格丽特·米歇尔的小说《飘》，女主角郝思嘉在开篇没多久就因为情绪化决策，改变了人生轨迹。她在宴会上得知，自己挚爱的心上人艾希礼将要订婚，对象是她瞧不上的梅兰妮，又目睹了两人亲密无间的场景，再加上自己莽撞的表白被艾希礼果断回绝，嫉妒心和好胜心交织在一起，让她无法客观思考判断，她认为，眼下最重要的事就是赶在艾希礼之前结婚，才能刺激他，让他后悔。

于是，郝思嘉迅速从身边大批追求者中随意选了一个，草草结婚。

郝思嘉既没有选择到自己的理想婚姻伴侣，更没有达到让艾希礼后悔的目的。她的丈夫韩查理在前线感染传染病早早离世，郝思嘉却已经有了孩子，成为年轻的妈妈和寡妇，这就是她情绪化决策带来的后果，无论从哪方面来看，都称得上惨痛。

怎样避免情绪化，理性客观地做出选择呢？给大家三个建议：

第一，运用概率辅助选择。选择带来的影响好坏，从概率上来说，是不断波动甚至互相转化的。写出“最好打算”和“最坏打算”，帮助自己综合考量，尤其是一些风险性较大的选择，更要谨慎地评估，再决定是否拿出勇气去挑战。

第二，列一张“利弊对照表”，写出影响你决策的每个因素的利和弊，客观分析哪些项目对你非常重要，哪些项目真正符合你的价值观。当一件事情被理性地拆解、识别之后，就能自动剔除掉其中的感性因素。

第三，当自己不确定时，请靠谱的关联人协助判断。请注意，这位和你共同决策的亲友，必须拥有良好的选择经历——见多识广，情绪稳定，甚至有相当的成绩和收获来证明过往选择的正确。

画重点

选择狭隘包含两种情况：一是只选择熟悉选项，我们称之为“单因曝光效应”；二是只选择第一反应想到的选项，我们称之为“路径依赖”。

社会心理学家罗伯特·扎荣茨认为：人们更偏好选择他们熟悉的东西，因为这种偏好会降低不确定性，这就是“单因曝光效应”。但是不管事情看上去多简单，都不会只有两个选择，放弃更多选项常常是害怕面对思考所带来的痛苦，所以，不妨把目光放长远，多看看其他选择。

“次级决定”是通过把一些选择固化成习惯或规则，来减少做决定的次数和时间，它能让你远离选择障碍，有更多时间考虑真正重要的事情。

求表扬的正确姿势

美国著名管理学和组织行为学权威斯蒂芬·罗宾斯，曾经在《管人的真理》这本书里提到一项调研：什么是最有力的职场激励因素？1500位受访者的反馈居然一致，那就是——认可。但是，同时又有高达58%的受访者遗憾地表示，老板从来没有表扬过他们。

问题全都出在老板身上吗？那可不一定哦。想想看，在一家很大的公司，上上下下几百号，甚至上万人，老板哪里有精力去关注每个人？很可能你勤勤恳恳一整年，年终老板依然对你几乎没有印象。所以，只会埋头甘当小透明可不行，还得机智主动地寻求表扬。

1. 面对老板，学会用数据塑造高意愿高能力的形象；面对同事，用自嘲弱化功劳的刺眼感

美国管理学家保罗·赫塞和肯·布兰查德曾提出过一个“情境领导理论”，认为“领导者”通常有四种影响“追随者”的基本模式，分别是：授权式、参与式、推销式、告知式。这四种模式分别对应了四种下属——高能力高意愿、高能力低意愿、低能力高意愿和低能力低意愿。

如果你是“高能力”员工，“求表扬”能让老板看到你积极向上的态度，从而留下“高意愿”的印象。如果你是“高意愿”的员工，合理地求表扬能让老板看到你的实力所在，而并不是单纯的邀功求赏。只有同时具

备“高能力”和“高意愿”两种品质，老板才会对你启用“授权式”管理方法，放心地把事情交给你做。

在《红楼梦》里，王熙凤是荣国府的CEO，运营着几百号人的大型团队。二十来岁身居高位，很大程度上依靠董事长贾母的授权，当然，“高意愿”和“高能力”兼备的王熙凤也担得起这份重任。

书中第七十一回写贾母做寿，“自七月上旬，送寿礼者便络绎不绝”，来贺寿的人很多，寿礼自然也收到手软。贾母一开始还乐意瞧一瞧，后来瞧不过来，就把清点寿礼的任务交给了王熙凤：“叫凤丫头收了，改日闷了再瞧。”

有一天，贾母忽然提问王熙凤：“前儿这些人家送礼来的共有几家有围屏？”要知道，贾母的寿礼琳琅满目，多到什么程度呢？除了礼部奉旨钦赐的一大批奇珍异宝，“余者自亲王驸马以及大小文武官员之家凡所来往者，莫不有礼，不能胜记”——记都记不过来的寿礼账目，单单只问围屏这一种，颇有突击考试的意味。

职业素养过硬的王熙凤对答如流：“共有十六家有围屏，十二架大的，四架小的炕屏。内中只有江南甄家一架大屏十二扇，大红缎子缂丝‘满床笏’，一面是泥金‘百寿图’的，是头等的。还有粤海将军邬家一架玻璃的还罢了。”

能准确报出围屏的数目、大小、材质以及是谁家送的，王熙凤背后的付出和准备可不是一点半点。贾母位高权重，如果王熙凤汇报工作磨磨蹭蹭，半天说不出名堂，贾母还会把权力交给她吗？职位越高的人，注意力集中的时间越短。比如副总裁的注意力有两分钟左右，那CEO的注意力可能就只有一分钟。在这个时间内说不到重点，你的“求表扬”基本就输给了他的手机或者干脆会被打断。

明确“求表扬”的重点在于工作结果而不是你本身，拎得清这一点非常重要。所以，在有限时间内，展示数据干货，是更加理智的选择。

首先，了解你的职位所涉及的重要数据，比如销售额、新客户数量和与去年同期相比的增长情况——以便能及时又有说服力地展示成绩。

其次，不是所有工作都适合求表扬，有些只是你在尽职尽责，只有那些超额完成又比预期好的地方，才有机会得到嘉奖，所以，也不要过于包罗万象。

最后，“邀功”的时间很重要，如果不能和领导预约一次面谈，那么就耐心等到一个合适的机会再去表现。

“邀功”后，不要把所有功劳归于自己，经常使用“我们”“团队”或“组织”这些字眼，而不是“我”。这是低调的方式，但仍然能成功地赢得表扬：“我很骄傲自己身为这个团队的负责人，因为团队的每个人都非常出色，我们才得以顺利拿下这个项目。”——这样说话，老板既能听出你的领导有方，心里也明白你取得了胜利。

老板希望下属是所在领域的赢家，但同事未必会这么想。用幽默感稀释赢家的刺眼感，或者适当自嘲，可以使你的“功劳”不那么咄咄逼人。

在王熙凤协理宁国府办完丧事之后，丈夫贾琏对她的操劳表示感谢，王熙凤是怎么说的呢？她说：“我那里照管得这些事！见识又浅，口角又笨，心肠又直率，人家给个棒槌，我就认作针。脸又软，搁不住人给两句好话，心里就慈悲了。况且又没经历过大事，胆子又小……我是再四推辞，太太断不依，只得从命。”聪明如王熙凤，并没有在自己丈夫面前大肆邀功请赏，而是用一种得体又自谦的方式，几句话带过了这项耀眼的功劳。

2. 把隐形的工作显性化、系统化，是生活中求表扬的正确姿势

每到年底，总有很多人会习惯性地总结这一年，学会了哪些新技能，去过了多少地方，看了多少书等等。这些行为的背后，既有自我回顾，也有求表扬的心理，看到内容丰富的年终总结，总会情不自禁想为这些努力点赞。

其实，生活中还有很多埋头做事却不张扬的人，专注于具体的事务，却做不好漂亮的总结，比如全职主妇，她们很忙碌，可人们却常常忽略了她们的付出。

有一些主妇“求表扬”的方法不当，反而让“功劳”变成了“功利”，得不偿失。久而久之，对为家庭的贡献和付出，就变成了一种理所应当。

美国“家政女王”玛莎·斯图尔特和“日本收纳第一人”近藤麻理惠，这两位女性为家庭主妇“求表扬”做出了榜样。玛莎从十岁起就知道怎么把家里收拾得井井有条；近藤麻理惠十九岁时已经成立了自己的咨询公司，专门为需要拥有整洁的办公和居住环境的客户提供解决方案。

这两位女性有个共同点，她们都很善于在生活中总结方法，为自己的家务工作整理清单。

玛莎·斯图尔特改变了美国人对于家务和生活的看法。从如何打理小花园到怎样高效有格调地使用厨房，她认真又巧妙地做着家务，在过程中总结出方法，写作成书，分享给全球女性。在她的多本著作和多档电视节目中，你可以找到很多理想生活的影子、细节和周到的人际关系。“玛莎”的品牌无处不在，任何一个普通早晨，你都能找到一个身穿“玛莎”豪华全棉睡袍的人，正在品尝从“玛莎”礼品篮中取出的日本绿茶，收看着CBS播放的《玛莎·斯图尔特的生活》节目；面前还摆着“玛莎”木质咖啡桌，上面放着“玛莎”生活杂志。

在她之前，还从来没有人把家务事变成一门系统性的学问，男性们看了，都纷纷意识到作为全职太太的妻子每天做的事情并不比工作着的自己难度低，对“贤内助”的理解和赞赏度大大提升，家务活儿在他们眼中不再是一项没有技术含量的体力劳动，而是一门艺术。

在《时代周刊》评选出的“2015年世界最有影响力100人”中，近藤麻理惠和奥巴马、普京、蒂姆·库克等世界级大咖并列在一起。她凭借在整理收纳方面的独特技能被人瞩目，还写作了《怦然心动的人生整理魔法》这本书，在面对家务整理问题力不从心的主妇们心目中，她就是收纳大师。

在这个努力已经成为标配的时代，认真做事似乎已经成为分内事，而不值得大张旗鼓地表扬。在努力常常被忽略的情况下，把零散的事务浓缩成清单，把重复性劳动归纳成系统，把看不见的家务化为看得见的艺术，才是求表扬的科学方法和好看姿态。

画重点

美国管理学家保罗·赫塞和肯·布兰查德曾提出过一个“情境领导理论”，认为“领导者”通常有四种影响“追随者”的基本模式，分别是：授权式、参与式、推销式、告知式。这四种模式分别对应了四种下属——高能力高意愿、高能力低意愿、低能力高意愿和低能力低意愿。

如果你是“高能力”员工，“求表扬”能让老板看到你积极向上的态度，从而留下“高意愿”的印象。如果你是“高意愿”的员工，合理的求表扬能让老板看到你的实力所在，而并不是单纯的邀功求赏。只有同时具备“高能力”和“高意愿”两种品质，老板才会对你启用“授权式”管理方法，放心地把事情交给你做。

不合群是件坏事吗

古斯塔夫·勒庞在《乌合之众》里写道："人一到群体中，智商就严重降低，为了获得认同，个体愿意抛弃是非，用智商去换取那份让人倍感安全的归属感。"

为了集体归属感，我们不惜违背自己的意愿去合群，甚至降低进取心：下了班很想去上英语培训课，但为了同事间的社交活动，只好缺课；周六打算先去图书馆看书再去健身房运动，但朋友们决定一起去郊游，你只好取消了原有安排；大家都在谈论一部电视剧，为了有共同话题，也勉强自己去看。

为了合群，我们究竟搭上了多少本该属于自己的时间？而在外界看来，哪几类人是不合群的人呢？

优秀的人，他们愿意融入金字塔尖更窄的圈子；独立的人，他们工作和生活都有自己的主张和计划；内向不擅长交际的人，他们独处的时候更自在。

1. "不合群"是"深度工作"的标配，独处是自我成长的必需

2014年，美国弗吉尼亚大学的心理学家做了一个实验，将学生们领进一个空房间，并给他们两个选择：静坐十五分钟，或者接受有点疼但是在安全范围内的电击。

结果出乎意料，大部分学生选择了电击，有的学生还反复弄疼自己。

研究者概括：比起安静地坐着，大部分人更倾向于做点事，哪怕是负面的。这刚好印证了法国哲学家帕斯卡的话："人类的所有问题都源于人不能独自安静地坐在房间里。"

群体活动对于很多人而言，意义也仅在于"做点事"——至少在别人看来，自己是合群的。而"深度工作"则需要与外界切断一部分连接，这只有少数极为自律的人才能做到，也必将带来一定程度的不合群。

心理学家卡尔·荣格在一次印度之行中，偶然发现当地人有在家里开辟冥想屋的习俗，那之后，荣格便萌发了建造私人办公室的念头。1922年，他在柏林根的小村庄湖边建了一座简单的两层石头塔楼。"在休息室时，我可以独处。"荣格这样描述这个房间。为了保持工作的私密性，他不接受任何没有提前预约的访客。

荣格与世隔绝的工作模式，就是我们今天所说的"深度工作"。

麻省理工学院计算机博士卡尔·纽波特在他的著作《深度工作：如何有效使用每一点脑力》中提出"深度工作"概念，指的是在无干扰状态下，专注进行职业活动，使个人的认知能力达到极限。经过心理学和神经科学的多年研究发现，伴随深度工作而来的精神紧张状态，能快速而高效地提升个人能力。

深度工作在各个领域的专家身上非常普遍。

微软首席执行官比尔·盖茨每年都要进行两次"思考周"，在这段时间里，他会远离城市，通常是去自己的湖边小屋，用大段的完整时间只读书，思考未来互联网的方向。在1995年的一次思考周中，比尔·盖茨写下了著名的"互联网浪潮"备忘录，给微软公司注入了新活力。

李敖也曾在某档节目里实话实说："我是单干户，我不与朋友来往，但是我自己很用功，每天工作十六个小时。” 2017年初，八十出头的李敖被确诊罹患脑瘤，即便要定期接受药物和仪器治疗，他仍然坚持每天深度工作十五个小时。他的好友陈文茜说，李敖“抗病的方式就是一个人写作。他是个斗士，我非常佩服”。

所以，不合群未必是件坏事，关键是不合群的时候，你在做什么。仅仅因为害怕不合群而进行社交，只会牺牲自己的独立精神与真实意愿。真正有所成就的人，都在用“不合群”的时间去重塑自我。

在科学的独处中，会拥有更多积极体验，提升创造力，实现自我认知，提高工作效率。不合群的人并非远离了这个世界，他们只是建立了另外一个属于自己的空间。

2.“不合群”是独立精神和不甘平庸的另一种解释

在《俄罗斯方块》的游戏中，当一整行被方块填满时，这一行所有的方块就会瞬间消失。有人因此感慨，《俄罗斯方块》教会我们，“如果你太合群，就会消失”。 在社交生活中，这个结论虽有点极端，但也不乏道理。在人数众多的群体中，人人都害怕别人比自己出挑，也害怕自己比别人出挑。平庸像一层保护色，似乎只有和大家一样，不同层次的人才能找到共同之处和相处之道，在群体中才更有安全感。

1942年出生的川久保玲被日本设计业界评为“反时尚的时尚”，也是少数未曾出国求学，甚至没有主修过任何与服装设计相关课程的国际设计师。在1981年巴黎时装展发表会上，她大量地使用低彩度的布料、不对称、破碎垂坠等细节，剪裁出了后来被时装界称为“乞丐装”的经典设计。

在华丽风盛行的巴黎，川久保玲“离经叛道”的设计虽然颠覆了大家对美的认知，以及高级品味一贯的斯文得体，但却成功引领了20世纪80年代的服饰潮流，也让她自己开始了不合群又极受推崇的设计生涯。

服装设计同样受大环境影响，设计师难免在理念、颜色、风格上往所谓“大趋势”靠拢，或是为了市场接受度做出妥协。比如全球金融危机时，大多数设计师的作品都体现出实穿又经济的市场诉求，但川久保玲总是选择独立创新而不是遵循主流规则。她说：“自始至终，我一直坚守自己创立品牌的理念，从未动摇。因此，我知道随着时间的过去，人们最终会理解并且尊敬它。”。

川久保玲的作品与传统意义上的美、品味和时尚不合拍，高级设计的传统法则在她的世界里形同虚设。她始终坚持这种不合群的创作理念：“自由和反抗的精神是我的灵感源头。”

的确，具备独立精神的人，思想与行为都不走平常路，在他们的概念中，不合群才能免于泯然众人，越特别，越醒目。

3. 内向者的“不合群”，是创造力的表现

美国心理学作家马蒂·兰尼的著作《内向者心理学》中写道，“性格内向的人较少展示自己以及自己的行为，他们看起来较为冷漠和神秘。正如我们所看到的，不同形态的社会都赞美外向性格的优点。而且，许多性格外向的人以怀疑的目光看待性格内向的人所展现的才能。”

瑞典化学家诺贝尔，从小性格内向沉默，但是，他拥有常人难以企及的毅力和专注，很小就跟随父亲去工厂做炸药实验，童年一直伴随着枯燥的爆炸声。内向性格赋予他潜心钻研的优势，在爆破领域取得了突破性的研究成果，并且完成巨额财富积累。而他创立的诺贝尔奖，关键的衡量标

准就是“创新”。

除了诺贝尔，牛顿、爱因斯坦、居里夫人、达·芬奇、比尔·盖茨等各个学术领域的领袖，性格大多很内向。

学者苏姗·凯恩在研究了大量内向者之后总结道：“内向者天生善于把注意力集中于内在的精神世界，这使他们拥有高超的洞察力与理解力。他们善于将外部信息进行整理吸收，变为自己的内容，而不是简单地全盘接受或否定。”

这说明，与日常偏见不同，内向者反而在一些需要创造性的工作上更有优势，因为推陈才能出新，而打破常规需要笃定的观察力，至少能“坐得住”，这时，不擅长交际、不合群反而成了优势。

合群与不合群没有对错之分，不要为了表达亲和而盲目改变自己。适当地减轻自己对人际关系的依赖，才能专注走心。

画重点

“深度工作”，指的是在无干扰状态下，专注进行职业活动，使个人的认知能力达到极限。

苏姗·凯恩说：“内向者天生善于把注意力集中于内在的精神世界，这使他们拥有高超的洞察力与理解力。他们善于将外部信息进行整理吸收，变为自己的内容，而不是简单地全盘接受或否定。”

怎样克服“劣质勤奋”

夜幕降临时，行走在城市街头总会看到一排排写字楼还灯火通明；早晨打开朋友圈，惊讶地发现凌晨三点还有人拍工作照。从前大家崇尚“朝九晚五”，现在呢，勤奋成了职场标配。

“别人都在拼，所以我也要拼”——究竟拼什么呢？不见得每个人都有目标，那么，就先从最容易做到的“学习”和“加班”开始。

总是没有固定下班时间的人看上去努力又勤奋，却并没有比大多数人更优秀。相反，他们越忙越累，越累越焦虑，越焦虑越忙，进入死循环……这种勤奋又被称为“劣质勤奋”，它导致两个最直观的结果：收效甚微和筋疲力尽。

怎样才能勤奋到点子上去呢？

1. 加强目标针对性：“用以致学”比“学以致用”更重要

我们都特别明白知识储备的重要，总害怕“书到用时方恨少”，所以很多人每天都在看书、学英语、报各类培训机构，也常常熬夜加班——这一切看上去非常符合现代人的忙碌形象。可是，在处理具体工作时，技能却依旧不够用，于是再度陷入“我是不是读书学习太少”的自我怀疑中，花更多时间加班，报更多培训机构，对自己进行强度更大的学习轰炸。

实际上，大多数人不是学得不够多，而是不够有针对性。在学习过程中，我们往往会面临一个困境，那就是学过的知识很难完全而长久地记住。对此，德国心理学家艾宾浩斯提出的“遗忘曲线”描述了人类大脑对新事物遗忘的规律——遗忘是一种很正常的状态，学习之后遗忘便立刻开始，遗忘的进程并不是均匀的，它的速度由快至慢。

假设你学习了管理学知识，但你本身从事技术工作，日常和管理没有太大关联度，很难进行实操演练，久而久之，把所学的丢掉也不足为奇。这就是只考虑“学以致用”，没有考虑“用以致学”。在职场上，我们不断地接到各类任务，纵向来看，工作的过程就是处理并完成一个个具体任务的过程，如果无法完成具体目标，无法实践，我们储备的技能就失去了实用价值。

“学以致用”和“用以致学”彼此并不冲突，可以并用，但我们常常忽略后者的作用。“用以致学”是指以具体任务为导向，目标精准地学习。通过一个时间段，集中有效地掌握一个领域的专业知识，并能够很快上手运用，形成“输入到输出再到结果”的良性循环。

比如，老板刚给你升了职，请你带一个五人团队，这时的学习目标就很明确，那就是怎样管理团队。带着这样的具体任务再去攻读管理类的书籍，过程中就具备了筛选性，理论能迅速指导实践，边实践边看清自己的不足，及时改进。

“目标精准”这个品质在巴菲特身上体现到极致。股神巴菲特说，每个人终其一生，只需要专注做好一件事就可以了。他本人也坚持如此，六十多年如一日致力于学习和研究股票投资，一生精准地学习，使他成为股票投资领域最有知识和经验的人，收获了荣誉和财富。

用以致学，基于具体项目、任务、问题展开学习，会使你的勤奋更加精准有效。

2. 利用“番茄工作法”强化训练过程：努力要专注而且到位

上世纪90年代，有一项著名实验，试图通过大量数据，来找出“精英演奏家比中等演奏者更加优秀”的原因。为此，有三位心理学家专门前往西柏林中心的艺术大学，对一批小提琴名家进行研究。

研究对象被分成精英演奏者和演奏爱好者两组，通过一段时间观察发现：普通演奏者的工作时间是分散的，工作时间总量和休闲时间总量相近；而精英演奏者有两个显著的工作峰值，分别是早晨和下午，工作之外，他们休息放松的时间要比普通演奏者多。

由此得出的结论是，长时间的、分散的勤奋很容易陷入无效劳动；而有节奏有专注力的勤奋，则更容易出成果。“艰苦工作”不同于“艰苦地工作”，只有懂得把控时间和专注力的人，技能才会提高得更快。

比如，普京总统工作很忙，基本全年无休，但实际上，日理万机的普京也和普通人一样有很多爱好，工作、休息、娱乐、锻炼样样不耽误。

普京爱看书，既看小说，也看历史书，参考文献和经济杂志也都有所涉猎。他爱运动，有时柔道，有时游泳。泳池或是大海，他都能游，无论是蝶泳还是蛙泳，都难不倒他。除此之外，潜水、滑雪、划船、驾船，他也都喜欢玩。

普京还是知名的“动物爱好者”和“汽车发烧友”，养了包括拉布拉多犬、小老虎、鳄鱼在内的许多奇奇怪怪的“宠物”。他的私家车库里停放着很多他收藏的老爷车。

拥有这么多天马行空的爱好，完全不像公务繁忙的国家领导人。记者本·朱达为了研究普京，花了三年时间采访了内阁部长、顾问、私人助理、前任官员等，将结果集结成书。在他的描述中，普京的一天非常程式化，时间被分割为很多个15分钟的片段，行程提前几个月就已经规划完毕。

普京就是依靠这种高度模块化、程式化的时间分割，以及保持高度专注，才能在业余时间发展如此多的爱好。

由弗朗西斯科·西里洛于1992年创立的“番茄工作法”，是一种简单易行的时间分割法：选择一个待完成的任务，把番茄时间设为25分钟，在这个番茄时间内，专注工作。中途不允许做任何与该任务无关的事，直到番茄时钟响起，在纸上画一个×短暂休息一下，每四个番茄时段多休息一会儿。番茄工作法不仅能极大地提高工作效率，还会带来意想不到的成就感。

其实，高效率的人都擅长给时间做分割法，在峰值时间内专注工作，而不是把任务分摊到全部时间里费力地工作。

3. “头脑带宽”不够却又想要太多，需要有舍才有得

同时处理几件事是否就代表能力出众呢？对此，哈佛专家提出了头脑带宽的概念：

简单来说，头脑带宽就像一条马路，如果你的马路只有三车道，而你却想让它同时通过七辆车，就不现实。头脑带宽决定了我们同时处理多件事情的“心力”。每个人的头脑带宽不同，我们常常看到很多大人物行程安排很满，却依然精神十足，那是他们的带宽足够；我们会说“对于某件事情心有余而力不足”，其实就是带宽不够。

一个忙碌过度的人，手头会有很多紧急任务和截止日期，缺乏“带宽”去思考更长远的发展，认知和判断力会全面下降。对此，哈佛大学终身教授穆来·纳森公布了一项研究结果：长期太忙或太穷，会使人变傻。而《穷忙》一书的作者，美国作家戴维·希普勒也明确地说：失去自我时间控

制的人会陷入真正贫穷，因为，这会引发更恐慌的心理暗示，自暴自弃。

纳森研究发现，任务完成不了的原因不是时间不够，而是处理问题时的心力不够，由于时间过于零散而任务过多，反而会因分心而加剧焦虑，导致更加无法专心处理主要任务，加剧拖延。

解决办法就是减少任务干扰，寻求外界帮助，分割问题，从而淡化处理问题时的焦虑。

史蒂芬·柯维在他著名的作品《高效能人士的七个习惯》中讲过一个故事：某购物中心的管理人员一致认为，与承租中心的各家商店老板建立良好关系可以极大地推动业务发展。但同时，他们却只花了5%的时间在维护这些关系上面。因为开会、写报告、打电话等各类事务已经分散了他们90%以上的精力，令他们筋疲力尽。后来这个购物中心在理清当务之急以后，转变管理策略，把至少1/3的时间用在改进、维护与各商户关系上。一年半左右，业绩果然提高了4倍多。

所以，在“头脑带宽”不够的前提下，需要做任务清理，挑出重要任务，减少干扰任务，有舍才有得。

画重点

用以致学，是指以具体任务为导向，目标精准地学习。通过一个时间段，集中有效地掌握一个领域的专业知识，并能够很快上手运用，形成“输入到输出再到结果”的良性循环。

长时间的、分散的勤奋很容易陷入无效劳动；而有节奏有专注力的勤奋，则更容易出成果。“艰苦工作”不同于“艰苦地工作”，只有懂得把控时间和专注力的人，技能才会提高得更快。

Chapter 05

表达力情商

我们向别人寻求帮助，提出问题之前，自己一定要明白：

我的问题是什么？我问的重点在哪里？

怎样扭转别人对你的偏见

什么是偏见?

通常情况下，偏见是指未经了解就下的定论，先入为主的判断，没有依据的心理暗示。很多偏见来源于以偏概全或者短视。比如：70后是加班狂，80后拒绝加班，90后拒绝上班，百无一用实习生，女上司是灭绝师太，年轻的管理者一定有后台……这些常见的偏见，或多或少带给我们困扰。

偏见很常见，但我们却不能视而不见。首先，偏见是人性的一部分，我们或多或少都会带着预设立场思考问题，只是自己没有发觉。从浅层心理学角度看，偏见是选择性注意的结果，也就是我们看偏了，只看到了对方的局部，而没有看到整体。从深度心理学角度看，偏见是投射的结果，也就是：我认为你是什么样子，你就是什么样子；而你真实的样子，与我无关。

偏见的产生既与他人有关，也和我们自己脱不开干系，例如：是不是平时展现的形象不够全面？是不是把真实的自己隐藏得太深了？

接下来，分享三种扭转偏见的方法。

1. 强硬与灵活兼具，无惧群体偏见

关于女性的偏见，横跨生活的方方面面，例如女生学不好数学，女司机开车不讲规则，女性更斤斤计较。客观来说，男性和女性由于生理构

造不同，在某些领域确实存在差异，但不排除有些差异是人们的“刻板印象”造成的。刻板印象在心理学范畴，主要指人们对某个事物形成的概括而固定的看法，并把这种看法推而广之，认为这个事物所在的群体都具有这种特征，从而忽视个体差异。就像说到担任领导，大多数人会理所当然地认为，女性更情绪化，不适合担任团队负责人。

但真实情况怎样呢？权威和命令式的领导方法已不再适应平等和多元化的职场，女性拥有更加灵活亲切的方式，能够在企业中更好地发挥优势。

1970年，撒切尔夫人为了削减教育开支，决定取消免费牛奶政策，不再给全国的学校免费供应牛奶。撒切尔夫人奉行实用主义，她认为政府不应该再充当公民的超级妈妈。尽管舆论一片哗然，她仍然坚持主张，并且说：“我是一个有执着信念的政治家。”

可以比较的是，萨科齐担任法国总统时期，非常希望成为自己的偶像拿破仑式的领导者，于是大刀阔斧推行了很多强硬政策，但是，当他准备对高福利做调整时，还是被民意击溃而退却了。

由此可见，撒切尔夫人钢铁般的意志，很多男性领导人也未必具备。

在处理苏联问题上，撒切尔夫人又切换成软硬兼施的策略。

上世纪70年代起，她就呼吁强硬对待苏联。1981年，她和时任美国总统的里根联合起来压制苏联。但是，她的态度同时又极为灵活，1985年，戈尔巴乔夫当选苏联领导人，撒切尔夫人第一时间向他表示了友好。

在她的判断中，这位苏联领导人“与苏联政界大多数精英关系良好”，能促进英苏关系发展。撒切尔夫人在1991年美国石油学会会议上的演讲中，开诚布公地复盘了当时的策略，她说：“借助他（戈尔巴乔夫），能够实现我们的想法，这是我的专家智囊的评估意见。”

软硬兼备，既具有男性的强硬和果决，又兼顾女性的灵活和务实，只要有利于国家发展，就留有调整和修正的空间，撒切尔夫人比很多不愿圆融变通的男性领袖更具备领导智慧，从而打破了外界对于女性不适合当大国领袖的偏见。在她的首相任期中，英国政治经济稳定，她也被民意肯定为“二战后英国最伟大的首相”。

2. 用实力扭转来自对手的偏见，保持自己的节奏

在2016年的里约奥运会中，孙杨以0.13秒的劣势屈居亚军后，情绪跌落谷底。更加意外的是，夺冠的霍顿在孙杨的伤口上撒了一把盐——这位澳大利亚选手在新闻发布会上公开表示，自己不过是赢了一名兴奋剂选手。

在男子400米自由泳决赛结束之后，不计前嫌的孙杨在泳池中几次想和霍顿握手庆贺，霍顿都视而不见，故意避开孙杨去和其他运动员握手。在后来的新闻发布会上，霍顿再次强调“孙杨就是一名兴奋剂选手”。

实际上，霍顿的依据仅仅是孙杨在仁川亚运会前夕的一次误服事故，当时孙杨为治疗心脏疾病服用了一种药物，不巧的是这种药物里的某一成分刚刚被列入兴奋剂范围，导致孙杨被禁赛三个月。

孙杨没有过多解释，沉默中付出加倍努力，意外骨折十一天后，征得医生同意，就带着支架下水，训练一天都没落下。终于，他以200米自由泳冠军等成绩证明了强者地位，用金牌狠狠地反转了是非偏见。

职场与生活中难免遇见“霍顿”——与你是竞争对手，有利益关系，有时发表一些不负责任的偏见言论，轻易否定你的努力，打乱你的节奏，损害你的名誉。实际上，你最有力的还击就是迅速调整自己的状态，屏蔽来自对方的负面影响，把精力放在自己的任务中继续加速，用业绩击碎偏见。

3. 全面展现风采，避免受众对你不了解而造成的偏见

娜塔莉·波特曼十三岁凭借《这个杀手不太冷》成为著名童星，十八岁以《星球大战前传》获金球奖提名。这位出生在耶路撒冷，已经出道二十多年的犹太女孩，向世界展示了少年成名之后持续走高的良性循环，打破了大众眼中美少女童星很难在成年后顺利发展的印象。

观众也曾经对她抱有“大多数童星长大后都成了路人”的偏见，但是，三十岁的娜塔莉以《黑天鹅》这部电影成为奥斯卡影后。在影片里，她展示了四岁起就学习舞蹈并登台表演的芭蕾舞功底。五年后，她又带着导演作品《爱与黑暗的故事》参加电影展。

观众容易对外貌漂亮的演员抱有“智商低”的偏见，娜塔莉却以每门功课全A的好成绩被哈佛和耶鲁同时录取，随后进入哈佛取得心理学博士学位；同时，她还精通英语、希伯来语、法语、日语、德语、阿拉伯语六国语言。

外界的偏见还包括“公众人物私生活总是不幸福”，而娜塔莉在三十岁那年嫁给了纽约芭蕾舞团的首席舞者、国际知名编舞本杰明·米派德，他们通过电影《黑天鹅》相识，携手走进婚姻殿堂。

别人的看法我们无法左右，可是，“别人”的意见会随着我们自己身份的变化而不断改变。我们展露的有效信息越少，给别人提供的判断依据就越有限。别人从仅有的少量信息中获取印象之后，对我们的评价就难免狭隘。但是，娜塔莉一直在尽量全方位地展示自我，用表演、导演、语言、学业、爱情等多种经历为自己发声。《黑天鹅》的导演达伦·艾伦诺夫斯基用“有纪律、有天分、有美貌、有亲和力”这样的词组多角度评价她。

不要害羞和吝惜展示自己的能力，如果我们总是只表达20%的自我，

又怎能埋怨别人的评价不够全面呢？善于培养多方面的技能，展示多角度的风采，才能打破外界因为不了解而造成的偏见。

无论工作与生活，我们既是偏见的受害者，也是偏见的发起者；承受别人的偏见，也用自己的偏见评价别人，使得“偏见”无处不在。打破偏颇的世界，需要练就更开放包容的内心、更有逻辑的判断力，以及更坚定的意志。

画重点

刻板印象，在心理学范畴，主要指人们对某个事物形成的概括而固定的看法，并把这种看法推而广之，认为这个事物所在的群体都具有这种特征，从而忽视个体差异。

从浅层心理学角度看，偏见是选择性注意的结果，也就是我们看偏了，只看到了对方的局部，而没有看到整体。从深度心理学角度看，偏见是投射的结果，也就是：我认为你是什么样子，你就是什么样子；而你真实的样子，与我无关。

哪种求助方式，更容易获得帮助

学会态度坚决、语气委婉地说“不”，能为我们隔离别人的不合理要求，为自己节约大量时间。可是，人人都有需要帮忙的时候，怎样提出正当请求，才能获得别人的帮助呢?

1. 建立自己在对方心目中的好感度

获得别人的好感并不困难，只要让对方觉得你是“自己人”——请注意，这里的自己人并不是拉帮结派，而是你的行为、兴趣、思路等等都让对方感到你是同类。而你求助的这位高人，也会有不同特点，他或许专业能力强，或许经验丰富，或许是人际关系高手。要获得他的青睐和帮助，首先应表达出自己是“同类”的特质。

《红楼梦》里，王熙凤身边有个特别能干的丫鬟叫小红，她原本在贾宝玉的怡红院做着一份可有可无的差事，因为资历不突出，谁都没有重视她。小红重要的职场转折点是遇见了王熙凤，而且从一件特别不起眼的小事——帮着去传话开始。很复杂的缘由，夹杂着好几件事情，不仅没有弄混，而且顺序清晰，简洁明了，口齿伶俐，王熙凤立刻感觉这个姑娘很聪明。

王熙凤是贾府最会说话的女人之一，逢年过节，大观园上下听琏二奶奶说笑话是重要节目。所以，王熙凤必定欣赏和自己差不多的人——做事爽利，口齿清晰，思路明确。小红很明白这一点，她学习王熙凤说话处事的风格和待人习惯，用王熙凤能接受的方式汇报工作，取得了特别好的效果，从此被当成了“自己人”。

另外，要成为对方的自己人，还可以针对他的兴趣爱好做适当的知识储备。交往中，他人对我们产生好感的一个重要基础就是“有话聊”。清楚求助对象的兴趣爱好之后，多了解相关知识，类似电影、运动、音乐，针对他的兴趣做准备，还能提供一些新的有用信息。双方有可聊的话题，很容易建立起良好的谈话氛围，给对方留下不错的印象。

要成为自己人，学会自嘲也很有效。人与人关系拉近的标志之一就是可以互相“露丑”，所以你不妨谨慎地先露个丑，学会恰当地自黑，暴露一点可爱的小缺点，这些都是锦上添花的技巧。这些小缺点最好在你工作范围之外，比如有些字你普通话发音不标准，涉及相关信息的时候，不妨开一下自己的玩笑；再比如因为你胆小，看完恐怖片后的一些糗事，都是适合分享的小缺点，可以消除人际紧张，赢得对方的亲密感。

2. 你要成为对方心目当中值得帮助的人

什么样的人才算值得帮？

至少，别人在你身上能看得到他的帮助有效果，你能大致给出相对明朗的前景和未来，这样，当你向他求助时，被拒绝的概率比较小。

白居易年轻时去长安游学，拿着自己的诗拜见当时已经成名的诗人顾况，希望得到他的点拨和帮助。顾况一听说他的名字叫“白居易”就乐了，开玩笑说：“长安城里东西很贵，住下来可不容易啊。”白居易那天拿的诗中有一首叫《赋得古原草送别》，大家小时候都背过：离离原上草，一岁一枯荣。野火烧不尽，春风吹又生……

顾况读完之后，非常欣赏，拍着手说："能写出这样的诗，住在长安就不难啦，我之前说的话都是玩笑。"后来，顾况给了白居易很多指点，成为他的良师益友。

所以，高手们最愿意帮助什么样的人？值得帮，帮了以后有明显转机的人。自己要有底气、有实力、有起色，让人愿意帮。极少有人愿意搭理毫无起色的一潭死水。

个人日常的姿态也很重要。踏实工作，保持学习的心态，恰当表达自己的积极和上进，建立谦虚、务实与尊重的良好口碑，这样，职位再高、水平再高的人，都不会对你特别冷眼，只要时间和场合允许，他们会愿意放下身段，分享解决问题的方法。

甚至，这种学习和请教的姿态，也能消除其他同事的戒心。职场真正青睐的是高水平低姿态的人，他们的互动交流都非常顺畅。所以，假如你求助时遭遇拒绝，未必是他人不愿付出和分享，而是他们有很多担心和想法，比如：你求助的态度让人不舒服；你看上去帮了也不会有多大起色；你要办的事超出了对方的能力范畴；你一望就知道不太有感恩之心，等等。谁都不愿意帮助"白眼狼"，投桃报李、懂得感谢是为人的准则之一。求助完之后，借助合适的机会，用语言、小礼物或者其他形式真诚表达自己的感谢，会让对方很受用，将来你再遇到困难，他也乐于伸出援助之手。

换位思考一下，站在你被他人求助的角度，谁会愿意无缘无故付出时间和精力呢？即便再不求报偿的帮助，其实也只是回报的形式和途径不同罢了。职场上得到贵人指点的人，很大程度上是因为他们通过自己的努力获得了能力的提升，为他人分担了工作，创造了业绩，收获了成就感。

3. 需求表达具体明确，便于对方给出详细的解决办法

你究竟想从对方那里学到什么？一定不要含糊其词，只有你问到了点子上，问到了具体细节，别人才能帮到重点，给出对你真正有意义的答案。

我曾经的同事A小姐是一名培训师，遇到了一位非常挑剔的准客户：要求A在正式培训前做一次现场试听，提供所有培训内容的详细资料，甚至，还在培训细节上干涉A的计划。

A很想拿下这个项目，但是现实的情况又让她难以应付，无奈之下，A决定向组长请教。组长B经验丰富，处理过各种棘手问题，总能帮大家指出要害，使问题简单化。

于是，A给组长打电话，她是这样说的："组长，我有一个问题需要请教您。"

组长回答："好呀，我希望我能够帮到你。"

"事情是这样的，我有一位潜在客户，是一家大公司的高管。他们公司正准备打造一个雄心勃勃的项目，希望为公司带来收入增长，并建立起更加浓厚的学习型企业文化，这可是一个有很大空间的项目。"A对组长描述着这个客户的背景。A小姐认为很有必要跟组长描述这一切，组长如果不能全面地了解详细情况，怎么能够明白自己担心的是什么，给出最恰当的建议呢?

于是，她生怕组长听不懂，又继续说了好几分钟。

组长忍不住说："我能够打断一下吗？你的问题是什么？"

A觉得自己还有好多详细信息没有跟组长说，于是接着叙述客户怎样强势的细节。组长终于耐不住性子了："请问，你的问题到底是什么？我听了十分钟也没明白。"

"问题？哦，"A小姐很尴尬，她继续说道，"是这样，我怎样和一个控制欲特别强、试图事事都凌驾于我的客户打交道？"

组长耐着性子说："你可以直接表达：'客户之所以与我们合作，是因为我们在这个领域的专业程度，如果事必躬亲，也就不需要寻找外援了。我可以把这一次培训作为试点，先按照我们专业的方式尝试效果，再根据结果反馈调整后面的计划。好的开始是成功的一半，咱们得先把事情促成不是？"

A小姐终于得到了她想要的答案，但是，她抓不到重点，一直绕弯的错误处理方式，也浪费了不少时间。

我们向别人寻求帮助，提出问题之前，自己一定要明白：我的问题是什么？我问的重点在哪里？

明确地说出问题，交代事情的核心细节，能让对方迅速看清重点，既节省时间，又得到了回复；含糊其词，弯子绕得太大，背景叙述太多，对方很有可能不耐烦，下一次会刻意避开你的求助和提问。

画重点

求助时会问问题非常重要，常用的提问方式包括：封闭式问题、开放式问题、探寻式问题、引导性问题、自问自答型问题。

给自己的问题列出重点，理清逻辑，选择简短有效的提问方式，是获得正确答案的关键。

你的善意，如何让人接受

很多出于好心的提醒，由于表达方法不恰当，反而造成“好心没好报”的效果。怎样合理表达善意，又不过分越界呢？

先破个题，“别人”指代的范围很广，有些“别人”不需要特别琢磨，他就是能理解你；有些“善意”不用费劲就能让人接受。比如，劝父母定期体检保持健康，劝闺蜜换个更好看的发型，给加班的老板送一份便当，等等，这些事不需要耗费太多脑力，对方就能轻松理解并且接受。

所以我们要讨论的“别人”，指代的是一部分特殊群体，比如陌生人、合作伙伴；“善意”则有时含批评、建议或是不同的合作意愿。

1. 说服不熟的人接受善意，请先拉近和对方的心理距离

在人和人交往的过程中，潜意识会有个“人际距离”的判定：以“我”为核心，最内层是“亲朋好友”，往外一圈是“同事、同学”，再往外就是“泛泛之交”。

我们和关系不够亲近的人，沟通尚且处于初始阶段，怎样能得到对方的信任，并且说服对方接受这份陌生的善意呢？获得对方的认同，赞美对方，能快速有效地缩短人与人之间的心理距离，产生亲切感。

人际关系学奠基人卡耐基小时候是一个公认的熊孩子，父亲对他很头

疼。九岁时，父亲在继母面前这样介绍卡耐基："希望你注意这个全郡最坏的男孩，他已经让我无可奈何了。说不定明天早晨以前，他就会拿石头扔向你，或者做出你完全想不到的坏事。"

听了父亲的话，卡耐基心里很不舒服，但继母微笑着走到他面前，托起他的脸认真地看了看，然后转过头去对丈夫说："你错了，他不是全郡最坏的男孩，而是全郡最聪明、最有创造力的男孩，只不过，他还没有找到发泄热情的地方。"

这段话马上获得卡耐基的好感。从小到大，他只是别人眼里的坏孩子，很少有人夸奖他，继母巧妙的赞美，化解了卡耐基心里小小的叛逆。

卡耐基十四岁时，继母给他买了一部二手打字机，并且对他说，相信他会成为一位作家。他接受了继母的意见，开始向当地的一家报纸投稿。继母赞赏和认同的态度，一直以来给予卡耐基非常大的鼓励，所以，继母的建议，他总是很容易接纳。

大多数人内心渴望赞美，真诚发现别人的优点，具体明确地提出表扬，很容易拉近双方的人际关系，使对方乐于接受你的善意和建议。

当然，赞美也要讲究方法，一味夸奖而不顾事实，效果会适得其反。

首先，赞美对方希望得到赞美的部分。比如：好友最近疯狂健身，你应该赞美她的漂亮马甲线而不是她会挑选教练；同事通宵做完了一份详尽的项目报告，你应该赞美他的努力和能力，而不是他的咖啡提神效果好。对方觉得自己身上的闪光点被你发现并肯定，才会真正产生认同感。

其次，越具体的赞美效果越好。言之有物就会言之有据，话说得越详细，底气也会更足，对方会感到你是个踏实可信的人。夸十遍对方真好看，不如说她长得像高圆圆，眼睛又大又有神。具体的夸奖比笼统的赞美更有效。

最后，间接赞美比直接赞美更好，背后赞美比当面赞美更有效。当你夸奖女人好看，可以先从和她长相相似的女儿夸起；称赞不太熟悉的同事工作负责，可以在你们共同的朋友面前夸，这位朋友无论通过什么方式传达你的赞美，都更有可信度。

2. 说服对手接受合作意愿，需要讲清利益关系，并且站在对方立场设身处地去考虑

“联吴抗曹”是诸葛亮提出的重要外交政策，它奠定了刘备集团崛起的基础。诸葛亮是怎样说服孙权，达成战略联盟的呢?

公元208年，曹操打算一举拿下刘备和孙权两股势力。以孙权为首的东吴，在应战和投降两个选择之间徘徊不定。此时诸葛亮来到东吴，面见孙权。诸葛亮开门见山，简短分析了当时混乱紧张的局势，之后，故意反激孙权：情况这么紧迫，我希望将军能量力而行，如果有能力与曹操抗衡，赶紧趁早定下备战策略；如果没有能力抗衡，也赶紧投戈卸甲，预备投降。现在与曹操面合心不合，当断不断，以后更麻烦。

孙权觉得诸葛亮小瞧自己，很生气，便反唇相讥：“你千里迢迢来劝我投降，你的主公刘备为什么不投降曹操呢？”诸葛亮斩钉截铁地回答：“刘备将军是皇室后代，他的英雄才气，盖世无双，天下仰慕，绝不可能投降。”

于是，孙权被激怒了，说：“刘备能做到我也能，我决心抗击曹操。”

话说到这里，诸葛亮的目标达成了一半。他继续胸有成竹地向孙权分析敌我双方的力量对比，鼓励孙权和刘备联合作战，等曹操兵败之后向北方撤退，就奠定了三分天下的局面。这些话利弊得失分析得客观到位，引起了孙权的共鸣，于是，双方达成了联合抗曹的约定。

诸葛亮是卓越的外交家，他说服孙权接受建议，既没有威逼利诱，也没有委曲求全，而是用理性的逻辑思考，复盘了矛盾三方的局势，每句话都站在对方的立场考虑。他的建议既对自己有利，同时也对别人有益，还把选择的主动权交给了对方，看上去是对方自己选择了答案，实际上诸葛亮早已暗示了结果。

在职场上，不管与客户谈判还是给老板提建议，又或者跟同事做责任划分，总有利益得失相互博弈的时候。多站在对方的立场上考虑问题，更多地诉诸理性和利益，这样才更容易获得别人的理解和信任，进而接受你的善意，最终达到目标。

3. 说服朋友接受建议，学会把批评变成高级的褒奖，忠言也可以顺耳

忠言利于行，却逆耳。对朋友说出真实想法等于冒着得罪人的风险，所以，做诤友并不容易，如果口无遮拦直言不讳，“逆耳忠言”就会被看成是“找碴儿”。

戏剧大师曹禺和著名画家黄永玉，是至交和诤友。

有一次，黄永玉在信里指出曹禺艺术创作中出现的种种问题。他说：

> 你是我极尊敬的前辈，所以我对你要严。我不喜欢你解放后的戏，一个也不喜欢。你心不在戏里，你失去伟大的灵通宝玉，你为势位所误……命题不巩固、不缜密，演绎、分析得也不透彻……那一箩一筐的隽语，都消失了……

黄永玉这封看似通篇批评的信，其实暗含了更高层次的褒奖。

批评之前先用“你是我极尊敬的前辈”来肯定对方的地位——因为了

解你的实力，所以会对你“高标准严要求”。然后一边夸奖一边建议，字字真诚，句句都说到了痛点。“命题不巩固，分析不透彻”——这是在告诉对方，你的每部戏我都认认真真地看了，我的建议不是凭空而来，是建立在了解作品的基础上。“你失去了伟大的灵通宝玉”——这是在褒奖基础上的略带痛心的惋惜。

黄永玉写这封信时，两人虽然彼此仰慕已久，见面却不超过两次。收信人曹禺被誉为东方莎士比亚，黄永玉怕对方心理产生落差，最后不忘打了张友谊牌——“我不对你说老实话，就不配你给予我的友谊”。除了建议，他还表示愿意为对方的创作提供帮助，告诉曹禺“差遣就是”。

这封信被曹禺视如珍宝，每当觉得失去信念的时候，就会拿出来读一读，从中获得继续创作的力量。

朋友之间的批评建议，要建立在褒奖肯定、充分了解以及希望对方越来越好的基础上。循循善诱比当头棒喝要好，娓娓道来比面红耳赤要强，我们不缺乏善意，只是缺乏合理圆融的表达。每个人都有自尊心，好话说得太难听，也是一种失礼的表现。

画重点

换位思考，是对他人心理的一种体验过程，将心比心、设身处地是达成理解不可缺少的心理机制。它客观上要求我们将自己的内心世界，如情感体验、思维方式等与对方联系起来，站在对方的立场上体验和思考问题，从而与对方在情感上得到沟通，为增进理解、达成共识奠定基础。

别人情商低，我们怎么办

聚会时，总有话题终结者“一鸣惊人”，说些谁也接不住、抓不住重点又风马牛不相及的话，或者不顾别人感受让人难堪的话，瞬间让气氛变得尴尬，说话的人自己却意识不到。

除了“话题终结者”，我们周围还有负能量爆棚、自高自大、脾气古怪的人，有些是朋友，有些是同事或家人，他们由于情商不高，相处起来常常让人不舒服。

究竟什么是情商，情商低的人有哪些特征？

情商是指一个人感受、理解、控制、运用和表达自己以及他人情感的能力。情商学者戈尔曼和其他研究者认为，情商由自我意识、控制情绪、自我激励、认知他人情绪和处理相互关系这五个部分组成。情商低的人更悲观、古怪、脾气不好、喜欢抱怨，无法管理好自己的情绪，也常给周围人带来烦恼。

与情商低的人相处尤其需要高情商和圆融通达。

1. 直言不讳不一定具备针对性，加强自我认知才能不受负面影响

情商低的人几乎都有一个共同特征——直言不讳。他们对人际关系的敏感度较低，缺乏同理心，总会给人不会说话，或者太过直接的印象。由于缺乏自我认知能力，他们还意识不到自己的欠缺，大多时候都是过嘴

瘾，没有经过理性判断，言行不具备公正性、客观性和参考价值。

这种情况下，首先要合理评估我们自己，只有自我认知清醒，才能在与低情商的人相处过程中，不受对方负面情绪和恶评的影响。

被誉为“晚清四大名臣之一”的曾国藩，儿时资质普通，常被人笑愚钝，大家都觉得他不是读书的料，劝他放弃，但他仍然坚持苦读。

有一次，小偷潜入曾国藩家，恰巧他在夜读。小偷本想趁他睡着之后捞点财物，没想到曾国藩一直在背书，一篇豆腐块文章，念了无数遍也没背下来。转眼夜深，等得不耐烦的小偷跳了下来，冲曾国藩大声吼：“像你这种笨蛋，还读什么书？”说完，自己把那篇豆腐块文章一字不落地背了一遍。

不管是盗贼的奚落还是别人的否定，都没有动摇曾国藩的信心，他照样用笨办法苦读，而那位能很快背诵整篇文章的小偷，则应了林则徐所说的“做事乖张，聪明无益”。少年时期的曾国藩虽然没有很好的资质，但信念坚定而且踏实用功，在正确评估自己的同时，还能把来自别人的负面评价和质疑都一并消化掉，最终成就事业。

高情商虽然有益，却并不和一个人的技能、人品画等号，很多成就卓著的人，情商都不如智商那么高，甚至还有点情商掉线。

爱因斯坦在学生时期就不合群，他性格内向，沉默寡言，被公认脾气差。在苏黎世联邦工学院学习时，他是老师眼里傲慢懒散的“坏学生”，以全班倒数第二的成绩毕业。某次记者招待会上，记者问到他对人生成功的看法。爱因斯坦用了一个数学公式来表示：假设A代表一个人的成功，则我可以写成下列的公式A = X + Y + Z，X代表工作，Y代表游戏。记者问：“那Z代表什么？”爱因斯坦毫不客气地回答：“Z是把你的嘴巴闭起来。”

英国剑桥大学西蒙教授曾说，情商低的人很像刻板印象中的工程师或教授，他们对于语言交流没有兴趣，移情能力弱。并且他还发现，认知能力的提升经常是牺牲了社交能力得来的。直言不讳的爱因斯坦，情商不高，却并不妨碍他创立了代表现代科学的相对论，以及成为最伟大的科学家之一。

所以，面对喜欢直言不讳的人，除了保持清醒的自我认知，不受负面影响，还应该尽量避免社交辞令中一些太微妙的表述，一来对方根本听不明白，二来容易误解。另外，自己保持平和心态，一笑置之——很多时候，他们的话并不是针对你。

2. 情绪化不代表无法合作，用理智化解情绪

哈佛大学心理学博士戈尔曼的研究表明，一个人的成功80%在于情商，智商只占20%。卡耐基也曾说过，一个成功的管理者，专业知识所起的作用是15%，而交际能力却占85%。在世界范围内，成功的管理者或企业家大都会用巧妙的方法和情商低、难对付的人相处或合作。

美国独立战争的重要领导者本杰明·富兰克林，有一次想与宾夕法尼亚州立法院一位议员合作。这位议员向来以铁石心肠著称，脾气怪异，难以接近。

富兰克林多方打听，得知他有一本非常珍贵的绝版书，于是以借书还书的名义，和那位以冰冷著称的议员搭上了话。议员一改以往的脾气，对和自己有着相同爱好的富兰克林很有礼貌，随着交谈的深入，富兰克林的务实和谦逊给议员留下了好印象，议员甚至表示，愿意随时帮助他。

富兰克林因此总结出：比起你曾经帮过一次的人，反而是那些帮过你的人更愿意帮你第二次。这条原则也被称作“富兰克林效应”。

情商较低的人一般不在常规礼节范围内做事，但是你依旧可以找到一个方法与他们合作，或者帮助他们更好地与你合作。

情商低的人常常与自己内心的恶魔战斗，并且充满对生存意义的焦虑，学者们称之为“情绪劳动”。这种情绪劳动对人对己，都带来很大负担。职场上，与情商低的人打交道时，要记得他们比大多数人更容易成为情绪的受累者，他们常常表现得非常不理智，而理智正是情绪化的唯一解药。

3. 不同人物区别对待，平和真诚才能“零差评”

《红楼梦》里，作为贾府管事少奶奶王熙凤的陪嫁丫鬟，平儿的日常工作是协助王熙凤，应对贾府里各色人等。她对自己的身份有着清醒的认知，这种认知使她行事得体大方，分寸拿捏到位。

宝玉曾这样感叹平儿的高情商：“贾琏之俗，凤姐之威，他竟能周旋妥帖。”平儿的处事风格和王熙凤截然不同，凤姐不留情面，平儿柔韧有余，贾府下人们对她好评满满，说她“虽然和奶奶一气，他倒背着奶奶常作些个好事。小的们凡有了不是，奶奶是容不过的，只求求他去就完了”。

第五十二回《俏平儿情掩虾须镯》一章中，平儿在园子里丢了一只珍贵的虾须手镯，后来被人发现是宝玉的丫鬟坠儿偷了。平儿拿到镯子后，做出了如下反应：首先，她没有告诉凤姐——以凤姐的脾气会强硬地追究下去，引发更大矛盾；然后，她提醒宝玉的丫头麝月注意提防着坠儿；另外还特别嘱咐麝月不要告诉晴雯，因为平儿了解晴雯脾气火爆性格直接，会嚷得尽人皆知，无法收场。在同一件事中，面对贾府里性格不同的人，平儿采取的应对方法也圆融多变，但始终保持了善良真诚的品格。

为人处世八面玲珑的薛宝钗，也能把贾府数百口人调理得服服帖帖，但宝钗的处事之道，带着心机和城府，总让人觉得有一丝不真实，她的口碑也好坏参半；而平儿多了一份发自内心的诚意，这使得她在贾府上下基本“零差评”，更让人多了一份敬重。

日常的社交环境中，充斥着情商参差不齐的人，有的负能量满满，有的过分八卦，有的只考虑自己。如果只是单纯应付，难免沦为社交变色龙之类的假想人格，无法与任何人交心，除了要有随机应变的万般“套路”，“多一点真诚”非常重要。

画重点

情商低的人很像刻板印象中的工程师或教授，他们对于语言交流没有兴趣，移情能力弱，甚至，认知能力的提升经常是牺牲了社交能力得来的。所以，应该尽量避免社交辞令中一些太微妙的表述，一来对方根本听不明白，二来容易误解。

富兰克林效应：比起你曾经帮过一次的人，反而是那些帮过你的人更愿意帮你第二次。

八面玲珑的她，为什么输给一根筋的她

1. 你拥有几个能借到钱的朋友

我曾经和两个性格完全不同的女孩共事，为了方便区分，就叫她们A和B吧。两人虽然家庭条件差不多，面试表现却截然不同。A看上去随和圆润，对谁都彬彬有理，字斟句酌，对每个面试官都照顾周全，很难看出她真正的喜好；B却个性鲜明，她明显对自己感兴趣的话题和领域更来劲，完全不迎合面试官的问题，从她的外在表现，一眼就能猜出真实的内心戏。

后来，这两个女孩都被录用了，A做了我的助理，B做了部门客户专员——毕竟，A八面玲珑方便协调工作，B一根筋能够死磕专业；A可能是传说中的情商高，而B则是有才华的女孩，难免孤傲。

我们理所当然地认为，A肯定比B人缘好。

可是，大约半年后，情况完全不是这样，B的人缘明显比A好很多。

就拿公司出国旅行来说，入职一年不到的员工需要自付一半费用。B很快借到钱，欢欣鼓舞和大家一起出门；A既不愿意向家里伸手，也开不了口向别人借钱，只好放弃。

行政总监告诉我这件事时，笑着说：B这个小姑娘真有意思，钱居然是和办公室同事一起借的。A和B一起入职，开始大家觉得A随和好相处，越往后越感到她对谁都一样，那大家也只能当泛泛之交；B起初有点小个性，但她有喜怒哀乐，有冷热亲疏，有人不喜欢她，也有人很喜欢她。A和B的区别，关键时候就起作用了。

行政总监说出了我当时半年来观察的结果：

有礼有节的真实，比没有态度的圆滑更招人喜欢。

所谓八面玲珑的女人，未必比一根筋的女人更被认可。

就像林黛玉不一定比薛宝钗人缘差。

2. 你是林黛玉，还是薛宝钗

读《红楼梦》时，起初我欣赏宝钗的大气内敛，见多识广，可是，多读几遍却越来越喜欢黛玉，尤其看到黛玉对贴身丫鬟紫鹃以及香菱的态度。

论身份，黛玉和紫鹃是主仆，黛玉和宝玉闹脾气时，紫鹃敢直接说：“若论前日之事，竟是姑娘太浮躁了些。别人不知宝玉那脾气，难道咱们也不知道的。为那玉也不是闹了一遭两遭了。”黛玉啐道：“你倒来替别人派我的不是，我怎么浮躁了？”

紫鹃批评的口气，好像朋友和好姐妹。两个人亲密无间的真实，如果黛玉日常端着小姐的范儿，紫鹃哪里敢这么说呢？

黛玉生命垂危时，向守在病榻旁的紫鹃倾吐真情：“妹妹，你是我最知心的！虽是老太太派你伏侍我，这几年，我拿你就当我的亲妹妹。”

黛玉待紫鹃，不是对丫鬟的情分，而是亲人朋友的心意。

这份有区别的用心，让著名的小性子林黛玉，收获了死心塌地对她好的挚友。

宝钗为人圆融，会做人，口碑好，上上下下打点得周到，表面看人缘很好，可是，越往后越发现似乎并非如此。黛玉有交心的朋友，那种发自内心的喜欢爱护，和大家对宝钗外交辞令一样的零差评完全不同。

《红楼梦》第四十八回，香菱学写诗，央求宝钗：“好姑娘，你趁着这个工夫，教给我作诗罢。”香菱诚心恳求，一向乐于助人的宝钗却婉拒了：“我说你‘得陇望蜀’呢。我劝你今儿头一日进来，先出园东角门，从老太太起，各处各人你都瞧瞧，问候一声儿。”香菱求教，宝钗顾左右而言他，轻松把话题绕过去。

香菱转求黛玉，黛玉的人品和学养在这个片段中让人好感度倍增：“他又来问我，我岂有不说之理。”

黛玉并非对谁都有求必应，但对于她喜欢和看重的人，从来不吝惜时间、精力和情感。表面上看，黛玉有性格缺陷，却有三五知心好友；宝钗面面俱到，却让人敬而远之，爱不起来。

所以，什么是真正的好人缘呢？是人脉的广度和宽度，还是人情的深度和密度？

如果只取其中一样，哪个方面比较重要呢？

3. 懂得人际关系的取舍

人缘好绝不是对谁都好，谁也都说你好，而是懂得人际关系的取舍，对喜欢自己和自己喜欢的人有偏爱，和普通观众保持距离，有不爱才能凸显出爱，有疏远才能显示出亲密。一视同仁的热络不是八面玲珑，更不是情商高，而是抓不住重点，往人际关系上撒胡椒面，再多的熟人，也不过是虚假繁荣。

真正的好人缘，未必是每天微信上有几个人给你点赞，而是当你遇到难处的时候有几个人愿意伸出援手；未必是面子上你好我好一团和气的寒暄，而是险境之中有人为你说公道话；未必是你请客能坐满一桌人，而是你缺钱时能有一桌人愿意倾囊相助；未必是你功成名就时有人簇拥，而是即便你跌进低谷，身边都有不离不弃的朋友；未必是你和一堆人认识，而是你有真正交心的挚友。

生活越往前走，我们越清晰自己真正的爱憎亲疏和所弃所取，真正的亲人和熟人。对谁都拿出和颜悦色八面玲珑的状态，太累，也不必要。

一辈子有七八位至亲，三五个好友，一两个爱好，足矣；其他无关紧要的事，点头点赞之交的人，微微一笑，足够。

具备独特人格魅力的女人，大多个性鲜明，甚至有点“一根筋”，但是，她们心里往往特别明白：

起初，我们要的是人缘的宽度，后来，我们要的是真心的厚度。

长久、深厚而亲密的关系，才是真正的优质人缘。

画重点

明尼苏达大学心理学家马克·斯奈德提出，八面玲珑的社交变色龙，为了赢得别人的好感，按照他人的意愿行事，他们给别人的印象非常好，但私底下却几乎没有稳定的亲密关系。心理分析师海伦娜·多伊施把这种人格称为“假想人格”。

Chapter 06

语 言 情 商

每个人都希望自己具有从容自如的表达能力，把话说得滴水不漏，实际上，达到这样的境界看似很难，但也有技巧。

把话说周全的窍门

尽管女人比男人语言优势强，但说得多不等于说得好。练就说话周到的能力很重要，话说得圆，事情才能办得妥。这一点，我的女发型师做得特别好。

她在业内挺有名，开了工作室，还有几位合伙人。但这些人并不像她沟通能力这么强。前两天，我去染头发，现场感受了她特别周到的沟通能力。

第一位顾客剪完发照照镜子，不太高兴，说："头发留得太长。"

她从各个角度仔细观察了一遍，笑着解释："头发长，显得含蓄，这叫藏而不露，挺符合你的气质。"

顾客高高兴兴地走了。

第二个顾客理完发，又不满意：头发剪得太短。

她照样很认真地打量，笑着解释："短点比较精神，把你以前特别温和的形象做了一点点改动，更时髦了，效果也挺好。"

这位也开开心心地走了。

第三个顾客剪头发花的时间有点长，抱怨说："今天剪了一个多小时，太慢！"

她笑着说："慢工出细活啊，你大老远开车过来就是为了坐二十分钟走人？这服务也太不仔细了吧？"

客人感受到了VIP待遇，笑眯眯地走了。

第四个顾客剪头发的时间有点短，不太高兴："今天四十分钟就剪完啦，会不会不用心啊！”

她笑着说：“你们成功人士的时间就是效率和金钱啊，我们怎么能让剪头发这样的小事耽误你们的大事呢？缩减时间提高效率呗。”

客人居然说了声“谢谢”才走。

我看了这些，心里很佩服，染完头发临走的时候由衷地对她说：“服务行业真不容易。”

她保持一贯轻松的微笑回答：“确实，手艺活没有固定标准，每位顾客的感受都不一样。只要出发点真诚，我尽量把话说得客气周到。”

我特别赞同她的观点和态度。

每个人都希望自己具有从容自如的表达能力，把话说得滴水不漏。实际上，达到这样的境界看似很难，但也有技巧。

1. 思考周到，才能说话周到

说话周到的基础是做人周到，《红楼梦》里的王熙凤是个典型案例，有很多经验和技巧值得借鉴。这里，先还原一下王熙凤第一次见到林黛玉时说了什么。

她说：“天下真有这样标志的人物，我今儿才算见了！况且这通身的气派，竟不像老祖宗的外孙女儿，竟是个嫡亲的孙女，怨不得老祖宗天天口头心头一时不忘！只可怜我这妹妹这样命苦，怎么姑妈偏就去世了！”

分析一下语言环境：王熙凤是贾府集团的CEO，她的权力多半来源于集团董事长贾母的宠爱，所以，在贾母面前的场面话也要说得真诚，不然，“老中医”一眼看破她的偏方。和林黛玉这样的少女初次见面，当然是要夸她好看，于是她说“天下竟有这样标致的人物”，标致到什么程度呢？“我今儿才算见了”。王熙凤出身豪门，什么美人没有见过，她通过略微贬低自己眼界的这句话，不落俗套地夸奖了黛玉的美貌和气质。

但是，贾府集团公司员工众多，部门复杂，只夸一个外孙女，其他的人心里肯定不舒服，比如，迎春、探春、惜春这三位孙女，她们怎么办呢？于是王CEO接着说，“况且这通身的气派，竟不像老祖宗的外孙女儿，竟是个嫡亲的孙女”，一下子把贾府原来的三位姑娘提到了一个新高度——原来呀，黛玉再好，气派也不过和贾府自己的孙女一样啊。这些孙女为什么会有这样大家的气度呢？自然是董事长贾母日常调教得好。

短短一段话，实际上面面俱到，清风扑面：对于林黛玉，王熙凤照顾到了她初来乍到的紧张；对于贾母，奉承了她管理水平高；对于迎春、探春、惜春，没有因为来了新人而受到冷落。王熙凤确实是情商高手。

不仅如此，王熙凤始终没有忘记黛玉进贾府的原因是因为母亲去世了。女儿的去世让老太太极其伤心，失去母亲的林黛玉感情上的悲伤更不必说，所以，她又向二人恰到好处地表达了自己的悲伤和痛惜：“怎么姑妈偏就去世了!”

只有思考得面面俱到，才能说话滴水不漏。这段话看上去是王熙凤的临场发挥，但她一定经过充分的思考和准备。毕竟，林黛玉进贾府这样的大事肯定提前很多天就开始安排，而不是一个突发事件。

对于可以预测的重要场合，要想把话说周到，提前准备就很必要。

有准备之后说的话，就像美国总统的演讲稿，连感谢的人都一个不少，面面俱到。

2. 自圆其说，不留话柄

再周到的人，也难免会说错话做错事，关键不是说错什么做错什么，而是有能力扭转不利局面，反而把错误变成惊喜。

有一次开音乐会，女主持人先用特别美的声音说："尊敬的女士们、先生们，贝托罗先生是著名作曲家、小提琴家，他多次获得国际音乐比赛大奖。下面，我们将欣赏贝托罗先生的小提琴演奏。"

结果，这位贝托罗先生不好意思地小声在台上对主持人说："我不是小提琴家，我是钢琴家，我用钢琴演奏。"

"女士们、先生们，"主持人接着用特别惊喜的口气对观众说，"贝托罗先生说，今天打算送给大家一个特殊的礼物，用他特别喜欢的钢琴为大家演奏一场独特的音乐会。这个机会更加难得，大家掌声欢迎！"

如果女主持人声明自己说错了话，观众倒也未必在意，但气氛多少有点儿尴尬，可是她很巧妙地把错话进行了无缝转接，自圆其说。音乐会最核心的是享受音乐的过程，而不是主持人的唠叨，对于那句错话未必多少人在意，但"机会更难得"这句话却强化了独特感，现场气氛反而更活跃。

3. 随机应变，反应灵活

脑子活，话才能活。

有一次，我自己主持活动，邀请现场嘉宾"讲两句"，结果一个口误，把"讲两句"说成了"讲两字"，我也挺尴尬。

但是嘉宾不紧不慢地接过话筒，很风趣地说："筱懿给我机会让我说话，我很荣幸。我不仅要讲，而且打算讲很多，结果被她一眼看出来了，给我出来了个考题，限令我讲'两字'。那我恭敬不如从命，对今天活动的圆满成功表示——祝贺。你看，'祝贺'可不就两个字？"

谢谢这位嘉宾，他既给我解了围，又讲得很周到，“祝贺”两个字又巧妙地暗合了我的口误，确实让我感激到现在。

以上列举了三种说话周到的技巧，可是，罗马并非一天建成，高情商和好口才更不是一天练就，而是长期培养和训练的结果。

然而，把握说话的分寸，让说话不断趋向于圆满，经过训练后绝大多数人都可以做到，毕竟舌头和头脑一样，都是越用越灵活。

画重点

逆向思维，就是对司空见惯的似乎已成定论的事物和观点反过来思考的一种思维方式。历史上的“司马光砸缸”就是逆向思维的经典案例：有人溺水，正常思维一般是“救人离开水”，司马光却是让水离开人。逆向思维运用在话术当中，主要表现为从失误中找闪光点、从缺点中找优点、巧换概念、抓小放大，可以破解一些棘手的场景。

从套话里听出真话

职场套话是为了应酬而说的客气话，它是非常公式化的语言，特点在于没有实际意义，或者真实的意思和字面不同，却是人际交往必备，没有场面话，职场就不和谐。听懂场面话是职场必备基本功，我们清晰领会场面话的三个要素，就能听懂它：

1. 套话一般出现在哪里

套话出现的高发场合是社交应酬的时候。比如公司的宴会、有领导在的饭桌；会议的开场和结尾，别人发言结束后问你意见；领导讲话之后顺便问问在座各位的想法和感受。其余场景还包括新同事第一次见面，电梯、茶水间的同事偶遇，个人述职报告等等，比如，A小姐曾经遭遇到的套话。

A小姐的新上司B女士到任后第一次给部门开全体会议，她很诚恳地要求大家以后多提“建议”，并且大度地表示：“如果发现我本人有缺点，也欢迎大家指正。”

会议现场并没有人搭这个腔。没过多久，她又召开第二次会议，再次表达欢迎大家提意见的说法。A小姐犹豫半天，还是站起来提了一些工作上的建议，她的领导B女士当场表示“赞许”。因为A小姐的带动作用，其他同事相继发言，有表扬也有批评。

从此之后，每次召开会议，A小姐都不放过提建议的大好机会，除了工作上的建议外，她还针对B女士个人的管理方式，提出了一些诚恳的意见，B女士也都虚心甚至看上去很开心地接受了，并且对A小姐很欣赏的样子。又过一段时间，部门升职加薪，大家都认为，这个机会一定属于被领导欣赏和器重的A小姐。可是，事实完全不是这样，经常诚恳建议、看上去很受领导重视的A小姐被调到了一个边缘化的职务，甚至失去了参与部门业务讨论的机会。

为什么会是这样的情况呢？因为耿直的新人错误理解了领导的“套话”。领导说“欢迎指正”是最常见的场面话，是为了显达自己既谦逊又贴近群众而做的公开表态，从内心而言，她并不喜欢在公开场合被提意见和建议，这种情况会消耗自己的权威感。

所以，当你在公众面前主动批评上级，第一，你侵犯了领导的权威；第二，你冒犯了人性中的“自我”意识。意见不是不能提，而是要分清楚场合和轻重。批评的时候对“事”不对“人”，一定要把“人”和“事”分开讲清楚。表扬的话要当着大家的面说，批评和建议的话，留着私下沟通。

另外，对于平级和上级说了也白搭的话，就不要开口。比如，明明对方脾气暴躁，他自己也知道，还需要你再去提醒他吗？性格问题是个人很难改变的惯性行为，这种事说了也没用，只能让人不愉快。

上级对下级可以要求和命令，对平级和上级，只能委婉建议，不要跨越界限。在该说客套话的时候说了真话，也是职场大忌。

宋美龄是出了名的人际高手，她出席开罗会议的时候，曾经和丘吉尔有过一段著名的对话。

丘吉尔说：“夫人，你认为我是一个很老的人吗？”

“哪里，您这位大政治家是老当益壮，精神看上去比年轻人还要好。”

“夫人，你知道我相信什么？”

“媒体上都说阁下信仰殖民主义，可我却不相信你会这样。”

“夫人，你对我看法如何？”

“我认为阁下说的时候比做的时候要凶。”

“夫人，在你印象里，我是一个很坏的老头子吧？”

这时候，宋美龄既没有回答“是”，也没有回答“不是”，她直接把皮球踢了回去，说：“请问首相您自己怎么看？”丘吉尔说：“我认为自己不是个坏人。”宋美龄就顺着他的话回答：“那就好。”

蒋介石特地把这段对话记在了日记里，大大赞赏太太的外交智慧，很崇拜她既不违反外交礼仪，也不违背自己的内心，还没有掉进丘吉尔套话的陷阱里，非常机智。

2. 职场套话通常有哪些

无论领导、同事，还是下属，很多话都是点到为止，真正蕴藏其中的内容才是他们的真实意图。要领略真正的内容，要学会边听边察言观色。以下这些普通同事之间的场面话，听听就好，不要太当真。

第一，赞美你的话。同事赞美你的话，礼貌道一句“谢谢”，或者谦虚一下“哪里哪里”就罢了。

第二，问你对领导印象的话。“哎，你觉得总经理这人怎么样？我觉得他有点呆板。”当你听到这样的话，千万别顺着他说，只需答一句“我的级别，哪有那么多机会接触总经理呢”。千万记得，当同事打探你对领导的印象时，一定慎重对待，不能信口开河过嘴瘾。

第三，诋毁同事的话。同事中也有“长舌妇”，爱说闲话。对于这些流言蜚语不要附和，一笑了之，不信谣、不传谣、不造谣，保持中立的态度。一旦你发表意见，一句无意的话就很可能成为未来的众矢之的。

以上是同事之间的套话，再来看看领导通常会说哪些套话。

第一，夸你的话。尤其是在会上当场夸奖你优秀，职场新人的心路历程通常是甜蜜加感恩，庆幸遇到了赏识自己的好领导。实际上，领导的表扬没有想象中那么重，尤其是公开场合的表扬，他们会考虑均衡性，不会过于厚此薄彼，如果你仔细观察，会发现领导在不同场合也先后表扬了好几位同事“非常优秀”。这是一种语言激励，不必太当真，但表达感谢和继续努力的决心，还是非常必要。

第二，食宿安排上让你随便的话。遇到吃住问题，领导口头上让你随便，你并不能真的太随便，依旧要根据他的级别和基本招待礼仪热情接待。在吃住细节上，领导们也各有风格，不要奢侈浪费，但建议你小处走心。

如果你是领导，也要了解下属最常见的套话：

第一，“我们似乎碰到一些状况”。这句话是以最委婉的方式在传递坏消息，还试图用“我们”让你跟他站在同一条战线上。

第二，“我马上处理”。这句话是下属表示面对你的传唤他要责无旁贷立马行动，让你对他产生非常有效率的好感。

第三，“某某的主意真不错”。这句话实际上是在表现团队精神。

第四，“我很想知道您对某件事的看法”。这句话在传递自己人的信息，让你对他的求知欲和上进心另眼相看。

第五，“谢谢您告诉我，我会积极改进”。他是在告诉你面对批评，他可以不把情绪写在脸上，表现冷静。

3. 套话背后的意思是什么

C小姐每次汇报项目计划的时候，她的领导都说“不错不错”，可是，她的项目计划领导并没有采纳。半个月后，C小姐同一项目组的D女士做流程演示，领导也点头微笑说“不错”，可是，D女士并没有就此打住，她很诚恳地接着说：“请领导多给些意见。虽然大家都很努力，但我们真的需要知道在哪些具体方面依旧存在不足。”

结果，领导一连点出几个要害，C小姐终于知道为什么之前的项目计划一直没有通过——她把套话听成了真话，摸不到门道，还没有给领导做好说真话的铺垫。领导礼貌性夸奖背后，可能隐藏着内容丰富的“潜台词”，“不错”背后的“潜台词”可能是“马马虎虎”“不够理想”，你需要知道具体的改进意见。

身在职场除了“不错、不错”，还有这两句话你一定要弄清楚它们背后的意思，那就是“你自己决定吧”和“工作进展如何”。

当你和领导在一个问题上有分歧时，如果他轻描淡写地说“你自己决定吧”，千万不要以为他已经被你的观点折服，把决定权交给了你。其实，他大多情况下只是对你不能及时领会意图感到烦躁，他的本意是：“你回去好好想想，想清楚了再来沟通。”

而当领导问你“工作进展得如何”的时候，他也许并不是想听你高谈阔论工作的真实状况，他也许只是想表现关心，或者作为正式谈话前的切口，或者在提醒你这次的任务很重要，不能马虎。请注意，领导最不想听的，就是诉苦的话，如果你开口就诉苦，领导会认为你在抱怨工作，而抱怨本身就是态度问题。

画重点

领导说“欢迎指正”是最常见的场面话，是为了表达自己既谦逊又贴近群众而做的公开表态，从内心而言，他们并不喜欢在公开场合被提意见和建议，因为这种情况会消耗自己的权威感。所以，表扬的话要当着大家的面说，批评和建议的话，留着私下沟通。

在会议上发言出彩的技巧

大多数人能在朋友面前侃侃而谈，却在会议上发言紧张；私下谈论工作头头是道，开会时却讲得语无伦次，毫无条理；还有一些人平时经常爆点小幽默，一到开会，机灵劲儿全没了，如临大敌，默不作声。

会议发言有点像演讲，但和真正的登台演讲又有很多差异，究竟怎样才能精彩发言？

1. 做好会议发言前的准备工作

那些张口即来，滔滔不绝的家伙真的是即兴发挥吗？当然不是。

1943年2月，宋美龄在美国国会的一次演讲中说到了这样一件事。她说罗斯福总统有一个放发言稿的玻璃箱，里头装着一次发言的第一份、第二份，甚至第五份第六份草稿，宋美龄还和罗斯福开过玩笑："您这样公认的一流演说家还必须写这么多份草稿吗？"罗斯福回答说："其实有时候我得写到第十二份，心里才有底。"

口才最好的政治家都要在发言前做准备，何况我们自己？所以，开会前，一定要了解下面这些基本信息：

第一步，需要提前了解会议目的、主要参会人员、会议流程和进度，以及你可能要用到的数据和资料，做到心中有数、有备无患。如果资料内容比较多，可以精简并且打印出来带到会议室，特别关键的数字和时间节点最好能背下来，一旦被提问或者要求即席发言，你不仅能言之有物，而且言之有据。这就会大大超过其他人的预期，获得良好的印象。即使没被点名，在其他人做报告的时候，也可以主动提供数据和补充信息。

第二步，如果提前已经确认你做会议发言，请准备一份发言大纲。

不一定要像做报告一样逐字逐句写下每一个字，但是，发言涉及的方向与内容要清晰。

比如，你发言的目的是报告进度、说明事实，还是解决问题呢？发言内容紧扣目的，列清楚步骤，写出关键词；如果需要，就写成提纲式，抄在一张纸上，用来提醒自己。

但是，请记住，提纲不是长篇大论，更不是把发言稿拿在手上读，这样会产生依赖感，而且让别人觉得你准备得不充分。

第三步，别人发言时，详细做好笔记，一来可以从他人的发言中找到对自己有用的数据和内容；二来能够保持注意力，随时调整自己的腹稿。

我起初和很多人一样，觉得会议笔记只是在会后才看，其实会议笔记在会议过程中就可以大派用场。多数会议发言都不会让你在会议一开始的时候就说；有时候，领导突然点名让人发言，有的人可能开会时没听清或者会议内容太多记不住，只能紧张地三言两语草草回答。但是，如果你做了详细的会议笔记，发言的素材就有了，你可以从其中找到有用的信息来提出问题或者发表观点。同时，在临场发言之前，你可以在笔记本上快速写下几个关键词，或者画一个简单的思维导图，让自己的观点表达得更完整和清晰，让你的临场发言更加出彩。

我见过很多在会议上讲错话的朋友，他们出错的点是什么呢？是特别想抖机灵、想出彩的急切心理。比如，几年前，我做广告部门负责人的时候，有一次开半年工作总结会议，其中一位部门经理准备得特别充分，在我的座位上恰好可以看到他密密麻麻写满了字的笔记本，还有厚厚的打印资料，以及脸上跃跃欲试的迫切表情。我当时就纳闷，他是不是有什么特别想表达的观点。终于轮到他发言，他首先清了清嗓子，字斟句酌地从讲典故开始，为了显示自己的勤奋，他还举了篮球明星科比的例子，说科比勤奋到每天都看见洛杉矶凌晨四点的天空，他也一样。

可是，这个例子太夸张了，下重手夸自己，却丝毫没有考虑别人的感受，而且从他引经据典的描述中，所有人都看得出来，他太想让自己的发言与众不同，结果用力过猛，他获得了与众不同的差评。

实际上，会议发言想要出彩，基础是先不要出错，拼命想出彩博得好感的人，反而不一定能做成。那么，怎样做到不出错呢？

首先，你需要降低自我期望值，来减轻自己的心理压力。会议发言中的紧张甚至是恐惧，往往来源于过高的自我期望。很多人太在意别人的评价，非常害怕自己表现不好，这是产生紧张感的重要原因。要学会把关注点放在工作上，而不是自己的表现上。会议的目的是集思广益、解决问题，所以，你的发言最重要的是对工作有所帮助。降低自我期望后，紧张感也会减少，在轻松的状态下发言，反而会有更好的表现。

其次，你在会议发言中的一些关键数据、采用的案例不能出错。

现在大家都很重视用数据说话，那些关键数据，不只你会搜集，其他人也都会，一旦错了会显得非常不专业；如果你的总结和这些关键数据相关，这些关键核心的数据都出错了，那么你的会议报告和总结哪来的专业度和可信度呢？数据不能出错是一个方面，你所引用的验证案例也不能出错，案例的出处、想证明的原理以及案例中一些核心信息都要准确。

最后，会议发言的身份定位不能错。

如果会议现场都是公司的中高层领导，你在会议发言的中途为了调节气氛，突然来一句“感谢大家的意见，么么哒”，想想也是挺尴尬的。在一些相对严肃的场合，一些看似调节气氛的网络用语并不能显得亲切幽默；还有，你明明不是主讲，却长篇大论，这可不好；另外，如果主办方规定了五分钟结束发言，你非要讲到十分钟，那也不对。

2. 借助小技巧和辅助措施，让表达更生动

心理学研究表明，在人的第一印象中，55%来自肢体语言，37%来自声音，8%来自说话的内容。所以，说话内容并没有我们想象中那么有决定性。因此，我们需要在发言时，密切注意自己的神态举止。

除了保持微笑之外，还要与提问者和听众保持稳定的目光接触，眼神不要游移不定。大部分状态下，你要注意自己的双手是否自然放松，千万不要两手紧握，紧握的双手不仅显得紧张，还会加剧你在发言时候的慌乱；最好能根据发言的内容，合理运用一些手势动作，这里就需要模仿和练习了——找到你满意的学习对象，观察他们的手势语言运用，先自己对着镜子，然后对着熟人练习，良好的肢体语言让你看上去洒脱而自信。

想让会议发言生动，你的发音也很重要，包括你的音量、音色以及音调。演讲最忌讳从头到尾使用一种语调，不分轻重缓急；语调的起伏不仅能使发言更生动，而且还能传达演讲者丰富的感情信息。如果总是用一种平板的语调，会显得无精打采，听众也会很快产生疲倦厌烦的心理。

一般来说，会议发言中常用的语调有三种：一是上扬调。声音由低而高，用来表示惊讶、反问、号召、鼓动或意犹未尽等，以此来引起人们的

注意。二是下降调。声音由高至低渐次下降，一般用来表示自然、肯定、祈使和话语结束等。三是平直调。声音从头到尾比较平稳，变化不大，用来叙述、说明、解释，表达庄重、严肃、悲痛等情绪。

语调运用时必须投入真情实感，否则给人一种矫揉造作的感觉，会适得其反。

会议发言中，语速与停顿的把控也是一项基本功。通常会议发言的语速是每分钟发出两百个左右的音节，这样才能保证大家听清楚你发言的内容。此外，语速的快慢对于表情达意也十分重要：凡是兴奋、激动时，语速加快；而沉思、平静时，语速就变慢。

哪些辅助措施会让你的发言更加生动呢？如果会议现场有投影等类似的装置，PPT演示稿件、专业的数据表格或者数据分析软件以及显示发言报告思路的思维导图，这些都应提前做好准备。它们是很实用的小工具，一方面会让你在发言的过程中感到轻松，另一方面也会给听众最直观的感受，会大大地提升你的专业度。

画重点

在人的第一印象中，55%来自肢体语言，37%来自声音，8%来自说话的内容。所以，说话内容并没有我们想象中那么有决定性。因此，我们需要在发言时，密切注意自己的神态举止。

会议发言想要出彩，基础是先不要出错，拼命想出彩博得好感的人，心理负担太重，反而不一定能做成。

怎样得体地宣布：我怀孕了

随着育儿理念的变化、成本的增高，特别是“二孩政策”的到来，职场女性也遭遇越来越重的就业和晋升压力。全球最大的职业社交网站领英2016年11月发布了一份报告，名叫《2016中国女性、职业与幸福感白皮书》，其中提到，中国女性在职场面临的种种挑战时，排名前三位的分别是：平衡工作和生活，占86.3%；怀孕和产假造成的职业中断，占73.6%；另一半的事业和家庭的责任，占70.4%。另外，竟然有高达95%的女性认为生育会影响职场发展。

可见，在生育这件事情上，职场女性的困扰与喜悦是并行的。

或许你正处于适婚适孕的年龄，或许你打算趁还年轻做一次母亲，又或许你刚迎来小生命，不管处在哪个阶段，都逃不开要在单位公布这件事——这对你来说是好事，对公司、同事与合作伙伴却喜忧参半。该怎样向公司或者上级告知“我怀孕了”呢?

我们把这件事拆解成两个步骤，首先是准备阶段。

不想太突然地面对新局面，就要学会对自己的人生进行规划。如果怀孕已经被列入人生计划的一部分，那么最好在怀孕前，就花一部分时间来调整心态和工作节奏，以及了解一些相关法律常识、规章制度。当然，如果小生命的到来是一个意外惊喜，那么带着他来做这些事，也并不迟。

比如，可以瞄准机会申请调到出差和加班相对少的部门，或者从公司老员工那里侧面了解公司的产假期限，工资是否会有变动，还有相关报销制度和福利等，做到心中有数。如果这中间有不符合法律规定的条文，也要考虑如何应对。

如果平常你不太爱交际，这时就要注意和同事之间形成好的人际关系，这将会是你的孕期在职场上顺利度过的前提——当你行动不便时，那些复印、抱重物之类的事会有人热情代劳；你去产检的时候会有人帮你接电话；爱抽烟的同事会尽量避开你再吞云吐雾。

一切准备就绪，就可以进入告知阶段。许多准妈妈因为太紧张而不敢告诉老板自己怀孕了，但是却告诉了一些要好的同事。在这里我要大写加粗地提醒你：怀孕这件事，在告知老板之前最好不要透露给其他同事。因为办公室流言会比你预期的更快地传到老板的耳朵里，如果老板得知这件事的渠道不是经由你而是小道消息，那么首先就会让老板觉得你并不尊重他。告诉老板这个消息的最好方法就是，和他约定好一个时间，面对面坐下来，有准备地告诉老板你怀孕了，并且和老板讨论你接下来的工作安排。记住，给老板你的规划和想法，让老板来定夺，而不是等着老板给你规划工作，永远要有计划，才能掌握主动权。

在与老板沟通怀孕这件事的时候，要注意三点。

第一点，选择适当时机和场合。你的各方面是准备好了，但领导不一定有时间有心情，所以，时机和场合的把握一定要合情合理。从时间上来讲，尽量避开公司处理重大事件的时候——比如上级单位来检查，你的领导要忙着接待更高级别的领导，每个人坚守岗位工作量很大，这时候提怀孕的事儿，那就是不识趣了；又比如，在某个重大项目的开始和收尾阶段，这两个阶段是需要领导拿决策和公司财务最容易出错的时候，也不适宜提私人话题；再比如，公司内部人员动荡时期，离职和部门调整的人比较多，领导光是处理这些人事问题就够头疼了，你再去提怀孕的事儿，也无异于添堵。瞄准时机，选择公司运行比较平稳的时期，领导手头没有特别重大和难处理的事情，公司内部气氛也相对轻松，就会比较有利于你。

第二点，只陈述事实。你怀孕了，你的老板最想知道的是你的预产期是哪一天，需要从哪一天开始请假，你的工作任务怎么办；而不是你早晨起床是否感到恶心，或者你的怀孕纯属意外之类。他需要有点时间来消化和解决问题——找人来代理你的工作，交接客户和手头未完成的项目，不至于突然手忙脚乱。所以，不要不假思索地告诉上司："请您放心，怀孕绝对不会对我的工作有任何影响！"或者盲目保证"我一定会工作到怀孕多少多少周"，因为，这些并不在你完全可控的范围里，要学会留有余地，只要向老板表示你会尽力就可以了。不要过分逞强，不仅耽误事儿，还有可能让自己健康受损，得不偿失。但是，也不要过分娇气，毕竟怀孕后保持合理工作节奏的女性还是绝大部分。

比较合适的做法是：三言两语汇报一下自己目前的身体状况和工作进展，然后着重表明自己仍然能够承担的那一部分工作，对于实在无法胜任的部分，比如长途出差、饭局酒局，积极和领导沟通，取得领导的理解，形成完善的解决方案。

第三点，不要过高期待领导的反应。在听到你的喜讯之后，你的老板可能会给你一个大大的拥抱，并且向你道声"恭喜"，有些老板可能会面不改色地只说一声"好的，我知道了"，还有些老板会首先想到你工作的最后期限，甚至可能会嘟囔一句"真不是时候"。听到这些话，你应该注意调整自己的情绪，领导的立场往往不受你左右，不要太在意或认为这是针对你个人的，更不要带着情绪上班。

特别补充一点：公司对待生育宝宝的态度，其实也是今后个人职场发展的试金石。按照规定，单位不能以怀孕、产假和哺乳等理由辞退女性职工，或者单方面解除劳动合同。如果一家公司对职场妈妈如临大敌，就说明它在遵守《劳动法》上有缺陷，这样的公司，职业前景也值得怀疑。

在告知领导并且通过沟通达成一致之后，就可以着手让同事知道这件事了。注意，这里的“告知同事”，并不是让你大张旗鼓地满单位宣扬。

在告知同事的时候，最好遵循两个原则：

第一个原则，以工作需要为前提。毕竟怀孕这件事，就算你不说，几个月后大家也能看得出来，所以没有必要提前告知每个人。但是，你必须要告诉跟你的工作有交接或是即将要麻烦到的同事，早点争取别人的理解，对接下来的工作会有很大帮助。不仅要告知，还要将自己的工作细节记录下来，列出工作明细表，这样，交接的同事会根据表中的记录很快接手工作。如果有可能，要让交接人尽早进入你的工作流程，这样万一你有特殊情况，提早离开也不会耽误工作。

第二个原则，有限度地分享。怀孕初期，体内激素急剧变化，很容易激动，会想和所有人分享关于育儿的一切。除非有人求着要看你腹中胎宝宝的B超图，或者是在一个非常亲密、休闲的场所，否则你最好把那一大叠胎宝宝的图片藏在你自己的包里，把想要跟全世界分享的冲动咽进肚子。和同事大肆交流关于怀孕的细节会让你显得不够职业，也会让人感觉你没有把心思用在工作上。

怀孕只是人生中的一个阶段，它很快会过去，但却非常重要。有的女性在这个路口畏首畏尾，迎难而退；有的女性则像得到了新生，反而活出自己。我见过很多曾经凌厉无比的职场女性，因为成为母亲而变得柔软，变得通达。这样的特质让她们重新回到职场时，更胜任工作，更容易成为领导者。

美国社会学协会的一项研究指出，坚持上班的职场妈妈们，会感到更加充满活力，与全职妈妈相比，更加快乐。只要处理得当，工作带来的满足和快乐，并不会因为怀孕生子而终结。

画重点

比起“硬知识”，在这篇文章中我更多分享了思路线和逻辑线这种“软知识”，给出思考和处理的路径。这种思维方式，不仅在怀孕这件事情上能够得体地运用，在处理其他牵涉面广、相对复杂的工作中也可以灵活使用。

很多好事，因为表达方式欠妥，反而把局面弄僵了。思路决定出路，学会解决问题和沟通的思路，能让你举一反三。

再高的情商，也不必说话让所有人舒服

“温良恭俭让”曾经是我对自己的标准和要求，也一度认为“说话让人舒服”是女人高情商的标准。但是，在若干次掉坑之后，我越来越体会到“情商”是个综合维度，语言的技巧也不仅是说话让人舒服，在很多矛盾尖锐的场合，“说明白”比“说舒服”更重要。

1. 未必所有场合，都要说漂亮话

我参加过一次特别尴尬的商务聚餐。

那时我在报社负责广告运营，新闻部曝光了一位广告客户被用户投诉的负面新闻，但引用的数据有微小偏差，不是完全精准。客户抓住这个把柄要求“谈一谈”，谈不好可能影响未来的广告投放，于是，就有了这次饭局。

一入场，我们都感觉这不是一次友好的会面，空气中充满兴师问罪的气息。

我们四个人，副社长、新闻部主任、我和广告经理；对方四个人，副总经理、营销总监、公关总监和业务经理。其中只有我和对方的公关总监是女性，其他都是男性。现场大部分人是初次见面，于是，对方的营销总监负责介绍双方认识。

大佬们礼貌客气地握手后，大家开始互递名片。这时，客户的公关总监走上前，态度轻慢地拿出自己的名片单手递给我们副社长，半开玩笑地说："领导，这次你们可是给我们公司找麻烦了。"

坦率地说，这位女总监既越级又挑衅。我们副社长职级比她高，不便直接开口，出于绅士风度也不好接话，报社其余男性更不能怼回去，而她的上级并未制止。怎么办?

我马上拿出我的名片，走到她和副社长之间，双手递过去，对她说："G总，具体业务层面都是我们在负责，您这可是怪错人了。另外呀，我以前教'商务礼仪'这门课，递名片还真是专业活，得双手递上，只有在交换的时候可以单手，这既是看得起自己，也是尊重别人。"

没等她接话，我面向她的上级副总经理笑着说："请两位领导入座定个位置和方向，不然，这话题偏了我们也接不住。明明是友好往来，千万别被执行成了兴师问罪。假如我们中层讲得不周到，做得不得体，还请两位领导多包涵。"

对方副总经理呵呵一笑，顺势做出邀请的手势，宾主入座，结束了初见的尴尬。

落座后，大家互相找话题，客户副总首先端杯致辞表示欢迎，我们副社长也开口致谢："今天大家开诚布公坐到一起，吃好饭，做好事。谁的错，谁来认；谁的错，谁来改。我们对新闻负责，贵公司对用户负责。"

他讲得也很到位，场面逐渐平和。我主动走到客户公关总监面前，举杯致歉："新闻报道中数据的疏忽请多包涵，我们认真勘误；也请配合做好对用户的售后服务，共同化解这次问题。"

她微笑着和我碰了碰杯。

回程路上，我担心副社长批评我不给客户留情面，主动认错。他笑着说："你错在哪儿啊？说话界限分明，才能让别人明白你的底线和分寸。别总考虑说话好听，更要考虑做事好看。"

这个态度，也成为我后来说话做事的标准。

2. “她十分强硬，但也通情达理”

高情商的女人就得说话让人舒服吗？

未必。

分清场合，看透善意和恶意，区别对待。

吴仪在担任中国外经贸部部长时，至今广被赞誉的一件事是，她与美国进行知识产权谈判，由于当时中国仿冒风气正盛，美方当场讥讽吴仪说：“我们是在和小偷谈判。”她立刻犀利还击说：“我们是在和强盗谈判，请看你们博物馆里的展品，有多少是从中国抢来的！”

硬朗机智的回复，让话里不仅带着棱角，还带着不容冒犯的态度。

2007年5月24日，中美战略经济对话闭幕后，吴仪在美国国会山与众议院女议长南希·佩洛西会谈。外界猜测两个“女强人”见面气氛一定特别紧张。

可是，吴仪语气轻松地对严肃的南希说：“我来之前看见媒体上有个报道，说Madam吴（吴仪）要去见南希·佩洛西，就像羊入了虎口一样。其实，按中国人的生肖，我属虎，虎口就在我自己脸上，所以我不怕入虎口。我的美国朋友还告诉我，他从来没有见到过南希·佩洛西的脸上带着微笑，但是，现在看来这个朋友是在骗我啊，你脸上的笑容不是很美吗？”

佩洛西听了果然笑起来，说自己刚见到吴仪，也感觉像进入虎口一样，甚至，她还告诉吴仪自己属龙。吴仪马上说：“看样子，我们今天的见面，不是‘羊入虎口’，而是一场‘龙虎斗’噢！”佩洛西被吴仪的幽默逗乐了，当即表示期待访问中国，吴仪故意停顿了一下才接话：“当然，我向你表示欢迎，就像你今天欢迎我一样。”

幽默坦率的对话，张弛有度，往来有礼。

吴仪是我的偶像，她真诚智慧，自信优雅，但她的情商并不仅限于“说话让人舒服”。

没有激烈的矛盾和冲突，把话说好听不算太难。难的是，人与人、国与国之间激烈矛盾的解决，只依靠“说话舒服”根本办不到，如果沟通和谈判能化解所有问题，冲突和战争早就消失了。

规则比人情更重要，高情商的女人能够根据对方的态度清晰直接地指出冒犯、挑衅、攻击甚至侵略，还能够审时度势给予提醒、警示、警告甚至还击。

3. 把事办成，而不仅仅“让人舒服”

我们有很多目标：求学、求职、求爱，等等。为什么情商重要？因为高情商的人，更容易达成这些目标。所以，情商训练并不是为了把话说好听，而是为了把事情办成，把进度向前推动。有些场合，舒服的话有用；有些情境，坚决的态度有效；有些局面，硬气的行为有益。

尤其是学习、职业、爱情甚至婚姻，大多数时候不是排排坐分果果，而是对稀缺资源的争取，竞争中必然有矛盾，怎么可能一团和气，让所有人都高兴？

可是，女性思维很大的局限在于，惧怕硬碰硬，不敢直接表达自己的需求，而遮掩和回避从来不能解决问题，推动事情向前一步的正确方式是：各亮底牌，各提要求，各有进退，各自收获。

生活中并不只有善意，还有恶意和抨击；人性也不只有平稳的善良，还有险恶的跌宕。高情商并不局限于说好话和做好人，还包括分清情势，合理表达，利落干脆，把事办成。

办成事，才是练就高情商的真正目标。

画重点

规则比人情更重要，高情商的女人能够根据对方的态度清晰直接地指出冒犯、挑衅、攻击甚至侵略，还能够审时度势给予提醒、警示、警告甚至还击。

女性思维很大的局限在于，惧怕硬碰硬，不敢直接表达自己的需求，而遮掩和回避从来不能解决问题，推动事情向前一步的正确方式是：各亮底牌，各提要求，各有进退，各自收获。

高智商的人，未必会说话

一家社交网站曾经发起过一个叫做“聪明有什么坏处”的意见调查，一百多个智商超群的人参加了话题讨论，列举了高智商的苦恼。其中包括“智力超群”是一种糟糕体验，因为“每当你纠正别人的错误之后，他们就会不跟你玩了，或者不跟你说话了”。

代表智商的认知能力和代表情商的情感控制能力有很大差异。尽管目前科学界还没能确切证明两种能力是否有关，或者具体有怎样的关联，但生活中我们能感受到，情商高的人能有意识地利用优势来弥补智商的不足，而智商高的人很多时候意识不到用情商解决问题的必要性。

比如，智商高的人，特别习惯纠正别人，这种过分“坚持”只是智商高的人说话的特点之一。很多情境下，他们自己都没有意识到问题，就把朋友得罪了。

高智商者在沟通中容易触及以下四个误区。

错误 1：试图说服对方按照自己的角度思考，接受自己的价值观

高智商的人普遍有一套自己的逻辑和价值体系，这对于工作和学习来说，非常有帮助，但在沟通中，一不留神就容易把自己和对方放在对立的两面，变成用自己的观点在说服对方。

杨绛的父亲杨荫杭是一位优秀的律师，曾留学日本和美国，见多识

广，对杨绛的态度，很平等民主。

少年时期的杨绛，因为各门课比较平均，分文理科的时候很犹豫，不知道该怎么选。老师们建议她学理工科。她去问父亲，父亲说：“不要在意外在的评价，你应该喜欢什么就去学什么。”杨绛说：“我喜欢文学。”父亲回答：“那你就学文学吧。”

在当时的年代，学理科能够掌握实用技术，快速获取谋生能力。相比之下，学文没那么“靠谱”。但父亲从没有试图说服杨绛，而只是引导她，让她按照自己的思路来。

嫁给钱锺书之后的杨绛，把这种平等的态度贯穿了下来。

杨绛生完钱媛，在医院坐月子。当时钱锺书正在准备毕业论文，日常要来医院看望杨绛，回家还得自己料理生活。以前都是依靠杨绛，突然轮到自己上手，总是出错。每当犯错，钱锺书就跑去跟妻子说他“又做坏事了”——打翻了墨水，弄脏了桌布，杨绛说，不要紧，我来洗；台灯坏了，杨绛说，不要紧，我来修；门轴坏了，关不上门，杨绛说，不要紧，我来装。

就连有一次，钱锺书头上长了一块疥疮，杨绛也宽慰地说：“不要紧，我会给你治。”后来，杨绛只是用热水敷了几天，疮真的祛掉了，一点疤痕也没留。

这如果是普通的小两口，多半要吵起来：为什么你不能多体谅我一些呢？但杨绛没有，她从不试图说服对方改变。她能够理解钱锺书的“笨拙”是因为擅长之处全都在学术里，已经分不出多少给生活了。所以与其要求对方，不如顺着对方的歉意，大度地体谅，同时让他充分发挥优点跟长处，在学问上更加精进。

杨绛的“不要紧”三个字，是高智商和高情商的说话艺术，对钱锺书来说，更是他最大的安慰。

错误2：把输赢对错看得太重，自己容易失重

在电视剧《大宅门》中，斯琴高娃饰演的二奶奶白文氏，从二十岁到七十岁，经过不懈努力，重振了夫家的基业，复兴了整个大家族。这个过程中，她不断承受着外界的压力和对手的打击。

白文氏和丈夫白颖轩，性格迥异却相亲相爱，丈夫的温和反而让她发挥出了卓越的才能。

她能力很强，怀孕时还在为家业奔波，后来还不断平息儿子白景琦闯的祸；也很聪明，懂得理财，当白景琦身无分文的时候，她拿出了“巨额”私房钱九十万两银子和药材，才让百草厅得以渡过难关。白景琦最后能成就事业，与平时在母亲白文氏身边耳濡目染密不可分。

白文氏是一个智商非常高的女性，但她的情商也同样高，她不爱争高下论输赢，精通说话的艺术。

她当家之前，白家的马车被詹家砸了，从此结怨。白文氏一直劝老太爷要忍让，但是老太爷咽不下这口气，怒斥白文氏：“我白家每进一步有多难？我凭什么要退一步！”

白文氏反复劝说无用，白老爷子和詹家大战一场，同时也惹来了更多麻烦。自己思前想后，老爷子终于懂得白文氏的苦心，后悔地说：“当初听了二奶奶的就好了。”

这时候一般人可能会说，你看，当初告诉过你吧，但你不听，可白文氏怎么说呢？她答道：“这事情也不能忍，该出气时，就得出气。”

事前她劝白老爷子“不要结怨”，事后又宽慰后悔的白老爷子“做得对”，这两种态度恰如其分地体现出白文氏的说话艺术——不管是和仇家争对错，还是和丈夫论输赢，都不是明智的选择，因为什么也解决不了，而且事情已经发生，无法扭转。

高智商的人，执着于对错，有时候容易不分场合，不分对象。虽然没有恶意，但沟通毕竟不是比赛，很多事情也上升不到要用对错衡量的高度。放下好胜心，别总想着赢，生活会更开阔。

错误3：自然而然的优越感和居高临下的态度

法国哲学家罗西法古说过：“如果你要得到仇人，就表现得比你的朋友优越；如果你要得到朋友，就要让他表现得比你优越。”

客观来说，智商高的人由于学习能力强、平时积累多，不论在知识层面还是能力层面，确实优于多数人的水平。也正因为如此，他们容易有优越感，有时候高高在上的态度自己都没发觉，但已经给对方造成了心理阴影。

在一档辩论类节目中，有一位年轻选手，由于紧张过度，整场表演都显得用力过猛，形式大于内容。

这时候，何炅站了出来，说：“我对你有一种特别亲切的感觉，因为我来这儿之前，也是紧张到不行……你把一个特别正能量的、有抱负的紧迫感，表达成了一个哀怨的慌乱感……我觉得你做的事情其实是很好的……希望你能学会举重若轻。”

他不仅帮选手找到了紧张的合理借口，还戏言自己的紧张来衬托节目组的高大形象。没有优越感，也没有用过来人的身份碾压对方，而是将心比心，给出了中肯的建议。

智商高的人，着重表达自己的观点，语言中难免缺乏善意和温度。良好的教养，不仅在于自己说话漂亮，还有维护别人的体面，表达待人接物的真诚。既比平常人更具包容性，又能将机智落在实处。

错误4：对人际距离认识错误，把毒舌当有趣

在网络语境下，“毒舌”不是一个贬义词。

在情感界，毒舌就很受欢迎。我们常看到困惑的网友向情感分析师求教，回答往往直接又刻薄，但人们也乐于接受，觉得一语惊醒梦中人。

影视剧里的毒舌教主们也很受欢迎，比如《生活大爆炸》里的谢尔顿，一个古怪又说话直接的物理天才，跟室友莱纳德制定了几百条苛刻又好笑的协议，还总鄙视好友霍华德的身高和学历。

但是，你真的确定现实生活中，毒舌也是人际交往的“加分项”吗？

和文艺作品类似的是，毒舌属性确实更常见于智商高的人。因为他们普遍对自我要求严苛，自律性强，每当看到跟自己的标准相去甚远的人或事，难免想调侃几句；可是，由于把握不准人际距离，常常被误解成恶意攻击。

人际距离是指个体之间在进行交往时通常保持的分寸和间距。人类学家霍尔把“人际距离”分为亲密距离、个人距离、社会距离和公众距离四种。

亲密距离（约0—0.45米）通常用于直系亲属或恋人之间，属于伸手能触及对方的距离；个人距离（约0.45—1.2米）用于朋友之间；社会距离（约1.2—3.5米）用于公开关系，比如上下级、医生和病人；公众距离（约3.5—7.5米）用于陌生人之间，比如演讲和听众等。

和对方的亲密程度决定了你们的距离远近——这里的距离不仅仅指肢

体上的亲昵程度，更指语言上的亲密程度。

再拿谢尔顿来说，他的毒舌并没有让身边的朋友反感，因为他们的关系已经非常亲密友好。但如果换成不那么熟悉的对象，就很难说了。

智商高的人，调侃方式也比较犀利，这无可厚非，但应该建立在准确判断了人际距离的基础上。

画重点

《人类简史》和《未来简史》的作者尤瓦尔·赫拉利在一次采访中说：当下的时代，人必须紧守情商和韧性。因为没人能预知未来几十年的发展，很可能你今天学的东西，到了五十岁变得毫无用处，但是情商和韧性能让你有稳定的心态和持续学习的动力。

所以，放下高智商的包袱，从说话开始，一点点磨炼情商。

Chapter 07

社交情商

聪明的女人总能找到愿意拉自己一把的男人，

糊涂的女人总能找到把自己拉下水的男人。

聪明女人总能遇到肯拉自己一把的男人

1. 唐晶和罗子君的共性，是找到愿意帮助自己的男人

我见过很多女性，平时聪明伶俐、利落能干，可一旦落实到男女关系中就变得四肢疲软、眼光独特——她们总能一眼选中人群中最不靠谱的男人，心甘情愿付出感情、时间、精力和金钱。奉献对于她们，就像深不可测的无底洞。

爱情和煦温暖如阳光，却也凉薄莫测如暴雨。再美丽强大的女人都有可能被辜负，再软弱无力的女孩都有可能以真诚和恰当的技巧赢得关键的帮助，就像电视剧《我的前半生》中的唐晶和罗子君，她们有个共同点：都能找到关键时刻肯拉自己一把的男人。

贺涵回忆起刚入职的唐晶说："那是一年中最闷热的季节，整栋办公楼停电，所有人都热得回家了。可是，唐晶是个实习生，她不敢走，生怕走了之后别人会认为她不努力，失去难得的机会。"

唐晶以勤奋获得贺涵的认同，接下来的帮助与指点水到渠成。

罗子君刚进市调公司，工作生疏、人际困惑。她不停请教贺涵基础问题，不怕因自己的提问低级而遭到嘲笑，她的求知欲和低姿态让人难以拒绝。

富兰克林总结说：比起你曾经帮过一次的人，反而是那些帮过你的人更愿意帮你第二次。这条原则也被称作"富兰克林效应"——在这本书里，

我第二次提到“富兰克林效应”，因为在经历过很多次“怕麻烦人”的心理阴影，错失了一些机会后，我更加确信，求助是人际与情感的润滑剂，只要你本身在专业、技能、情感、真诚度方面有一定能量，对方都不会特别反感你，哪怕他比你的级别和职务高很多。

男人和女人思维方式、人脉特点、擅长领域都不同，如果有幸以实力和诚意获得优质男人的帮助，为什么不争取呢？

聪明的女人总能找到愿意拉自己一把的男人，糊涂的女人总能找到把自己拉下水的男人。

2. 男人愿意帮助什么样的女人

获得异性帮助的方式有两种，一种特别功利和直接：借他的肩膀一次性使用，登上台阶就甩掉，再去找海拔更高的肩膀。这种方式虽然短期有效，但是很难让别人信服，往往走不了太远。

另一种，借助男人的力量登上另一个台阶，之后回头道谢，心存感激。很多男人并不世俗怯懦，他们有侠骨柔情，也乐意为你遮风挡雨，为什么不求助呢？女人能量增强后，也可以在男人需要时伸出援手。

有五种女人特别容易获得异性的帮助：

一是赏心悦目的女人。“赏心悦目”和“花枝招展”不同，它是女性的综合实力，看上去舒服，没有侵略性，外貌、精神和肢体语言都很得体。这样的女性不仅在男人眼里有性别魅力，也不至于招来同性的嫉妒。有一组很有趣的数据：好看的人比不修边幅的人收入多 75%；同样的背景下，漂亮的申请者比相貌平平的申请者赢得的职位级别要高；在西点军校，相貌英俊的学员毕业时会被授予更高的军衔。

所以，舒服和好看，是女性重要的竞争力。

二是突然示弱的女强人。平常看起来果断坚强，自信的微笑和坚定的眼神是常备武器，但是有一天忽然声音低八度，弱弱地请异性帮个忙，反差效应让对方难以拒绝。

三是不动声色的专业女性。她们在职场上保持职业的态度，不会对人卑躬屈膝或者随便放电，她们希望凭借自己的专业能力受到肯定，所以，偶然展示女性魅力，会让男人格外网开一面。

四是有距离感和神秘感的女人。她们只谈论远处的明星八卦，但绝不议论身边的是非，自己的隐私不随便曝光在公众场合。因为被了解得没有那么细致，她们在异性眼中由于距离而提升了神秘感和好感。如果她们开口求助，被接纳的可能性很高。

五是积极努力的乖乖女。男人都有英雄情结，努力而不多话的女人让人英雄情绪飙升，毕竟，大多数男人愿意帮助的，还是善良、温和的女人。

3. 可以风雨无阻，但别刀枪不入

美国经济大萧条时期，一个女孩好不容易找到一份在高级珠宝店当售货员的工作，试用期三个月。当时已到年关，店里工作特别忙，女孩也很认真，因为她听经理对别人说有留下她的打算。

这天，她照常把柜台里的戒指拿出来整理时，进来一位三十岁左右的男顾客，他一脸愤怒，衣着极其简单，眼神紧紧地盯着那些高级首饰。

这时，电话铃突然响了，女孩急着去接电话，不小心碰翻盒子，六枚钻石戒指落到地上。她赶紧四处寻找，捡起了其中的五枚，但第六枚戒指怎么也找不着。

女孩急出了一身汗。这时，她看到刚才那个男人正在向门口走去。顿时，

她猜到戒指可能在他身上。当男人的脚将要迈出门槛时，女孩温和地叫住他：“对不起，先生！”男子转过身来，两人默默地互相对视了很久。“什么事？”男人问，他脸上的肌肉有些抽搐。“什么事？”他再次问。

“先生，这是我找到的第一份工作，现在找个事做非常难，是不是？”她神色忧郁地说。

男人望着她很久，终于，一个相对柔和的微笑出现在他的脸上：“是的，的确如此。”他回答，“但是我能肯定，你会在这里干得很好。”

男人向前走了一步，把手伸向女孩：“我可以为你祝福吗？”女孩也立刻伸出手，说：“我同样也祝福您好运！”

结果，男人转身向门口走去，女孩也把手中握着的第六枚戒指放回了原处。

这原本是一桩盗窃案。

女孩的做法是首先态度柔和地恳求，让一个不算太坏的小偷，在被抓概率非常大的情况下良心发现，并且成功感化了他。当然，女孩也可以选择报警硬碰硬，但是，这真的是最佳解决方式吗？

肯定不是。

女人在一件棘手的事情面前，首先不要剑拔弩张，不必用和男人同样的方式“硬”处理。尤其当你面对的是一个男人时，要懂得以柔克刚，温和而坚定，有礼有节地保护并且争取自己的利益。

可能女人柔弱的年代太长，现在更多的观点希望女人坚强。过犹不及，风雨无阻是坚强，刀枪不入就是逞强了。

再坚强的女人，都用不着逞强。

有眼力分辨出靠谱的男人，远离不适合自己的异性；

有办法化解危机，让男人愿意拉自己一把，是女人重要的“聪明”。

聪明女人，受得起帮助，也帮得起别人。

生活骄阳似火，愿我们能春风化雨，润物无声。

画重点

好看的人比不修边幅的人收入多 75%；同样的背景下，漂亮的申请者比相貌平平的申请者赢得的职位级别要高；在西点军校，相貌英俊的学员毕业时会被授予更高的军衔。

舒服和好看，是女性重要的竞争力。

怎样和三类难以相处的人打交道

难相处的人不是坏人，也不是小人，只不过他们有非常特殊的性格特点，不像一般人容易打交道。但是，因为各种原因，又必须接触和共处，逃不掉也躲不开，只好迎难而上。

常见的难相处的人有三种：城府深的人，孤僻敏感的人，挑剔、不善于理解的人。

和他们相处，既要有诚意，更要有方法。

1. 与城府深的人交流，放慢节奏

什么是城府深？通常指喜怒不形于色，通俗地讲就是别人看不出他们的心理变化，看上去高深莫测。他们不愿让别人轻易了解自己的心思，有什么要求，擅长通过各种方式保护自己，深藏不露。这种人对任何问题都不容易明确表态，在关键的问题上更是经常含糊其词，顾左右而言他 。

对待城府深的人，先把节奏放“慢”，了解清楚他们的状况。一般来讲，城府深有三种情况：

一种是工于心计，目的是为了在与别人打交道时获得主动，或者出于某种原因不愿让别人了解自己，从而把自己保护起来；而且，这种人还总希望更多地了解对方，从而在各种矛盾关系中周旋，使自己处于不败之地。

另外一种可能是经历过挫折和打击，并受过伤害的人。过去的经历使他们对外界和他人有强烈的怀疑甚至敌视，从而对自己采取更多保护。

还有一种情况是，他们可能对某件事情缺乏了解，拿不出有价值的意见，只好用含糊其词的语气与别人交流，伪装成高深莫测的样子。

我们首先得明确判断，对方可能是哪一种。

对工于心计的，请一定注意自己的言行，不多言语，更不要被对方抛出的话题左右。因为这类人非常善于漫不经心地引导话题，探寻自己想要的消息，所以，你的策略是不谈核心内容，做好防守。

对于自保的，你可以相对主动，因为这类人的城府并不是为了伤害别人，只是为了保护自己，在你相对坦诚之后，往往能达成真正沟通的目的，取得意外收获。

而对于故弄玄虚的，你不要抱太高的期望，礼貌应对，不必要求对方提供某种明确的看法或者判断。

《三国演义》里的曹操是著名的城府深，他和谋士杨修过了几次招。

曹操去看刚修建好的花园，走到大门口停住脚，拿笔在门上写了一个“活”字，二话没说就走了。在场的人都不知道他什么意思，就去问杨修，杨修说：“门里面加个‘活’是一个宽阔的‘阔’字，丞相说门太宽了，应做窄一点。”

杨修快速接招，看上去比所有人都聪明。

曹操特别怕别人放暗箭，吩咐左右说：“我梦中好杀人，我睡着的时候啊，你们千万别靠近。”有一天，曹操故意假睡把被子踢到地上，侍卫赶紧去捡起来，曹操立刻跳起来拔剑把他杀了，又接着睡。起来的时候假装做梦，故意吃惊地问：“谁杀了我的侍卫？”大家告诉他来龙去脉，曹操痛哭，安排厚葬。杨修感叹：“不是丞相在梦里，是这位被杀的仁兄在梦里啊。”

杨修又一次迅速接了招，比其他人都更看清本质。

可是，这么懂曹操的杨修，结局好吗？

不好。他后来被曹操找借口杀了。

城府深的人，最怕自己被看透，所以，和他们打交道，千万不要抖机灵，反应不要太快，保持安全距离。同时，也不要指望和老谋深算的人交心，完成任务办成事就好。

都是同等级别的官员，难道只有杨修一个人聪明？或许很多人都看破了曹操的心思，只是看破不说破，和城府深的人保持距离而已。

2. 对孤僻的人，要暖，但不要烫

性情孤僻是“冷”，打动寒冷要用诚意的温暖，但千万不要过犹不及，变成了“烫”。

在电视剧《欢乐颂》第一季中，刘涛扮演的安迪才华出众却难掩孤僻，她的老板老谭就做得很得体。

老谭在找安迪来自己公司之前，已经和她成为朋友；安迪到公司之后，老谭主动帮助她拓宽交际圈，带她进入主流商业圈层，专门为她安排高端商务交流会。虽然性格孤僻的安迪本能地排斥这种社交场合，但毕竟既是朋友的邀请，也是工作的需要，她慢慢融入其中，和老谭有了越来越多共同的话题和朋友圈。

老谭还特别关心安迪的日常生活，细心关注她的工作午餐。孤僻的人往往很敏感，她们既能准确体察别人的侵犯，也能很快感知他人的善意，所以，安迪心中非常有数。

但是，孤僻的人对个人领域的界限都非常清晰，不喜欢别人过度的热情和干涉。《欢乐颂》第一季里的老谭，就是个很知道进退的人，他在关键时刻点到即止，并不把自己的意见强加给安迪，给她留下自然思考的时间，不想着争分夺秒地焐热她。

所以，他们的友情和上下级关系能够持久。

再想想《欢乐颂》第二季中小包总的妈妈，对安迪嘘寒问暖，过度关怀，反而造成了一系列的矛盾。

孤僻的性格不是一朝一夕形成的，很多已经变成了生活方式，很难改变。同孤僻的人打交道难免遭到冷遇，甚至不愉快。所以，请保持耐心，对孤僻的人多用细节和诚意，他们一旦被打动，忠诚度非常高。这也是他们与城府深的人最大的不同——城府深的人极难被打动。

3. 对挑剔、不善于理解的人，顺着他的模式找到他的漏洞

职场上还有这么一些人，不仅你出现失误他们不能原谅，甚至你是正确的、愿望良好的，他们也不能充分认识，还会说三道四地抱怨。

对待这些挑剔、不善于理解的人，如果你也冷脸相对，不屑一顾，双方肯定越闹越僵，不利于合作共事。如果你一味迁就，他们又会得寸进尺，该怎么办呢?

林肯有个很著名的故事。他当总统之后，有位女士跑来给儿子要官，还对各种安排都不满意，理直气壮地说："总统先生，你一定要给我儿子一个上校的职位。我并不是要求你的恩赐，这是我们该有的权利。因为我的祖父曾参加过雷新顿战役，我的叔父在布拉敦斯堡是唯一没有逃跑的人，

我的父亲又参加过纳奥林斯战争，我的丈夫也战死沙场，所以，我们家该有更高的荣誉。”

结果，林肯顺着她的话说：“夫人，你们一家三代为国服务，对于国家的贡献实在是够多了，我深表敬意，现在你能不能给别人一个为国效力的机会呢？”

林肯的回答非常高明，顺着挑刺的人思路往下说，话锋一转，结论却让对方无话可说。

从心理上讲，不善于理解他人的人自我意识都很强，自以为是，老把自己和别人割裂开来，按照自己的逻辑想问题。实际上，他们的逻辑往往有很多漏洞，只要顺着他的思路往前，立刻能发现问题。

不妨先肯定他的思路，顺着他的模式找到他的漏洞。

另外，挑剔的人还有个关键弱点，他们在人际交往上态度被动，时刻保持对立或者对抗情绪。假如你确定他们并没有恶意，只是习惯性挑剔和反对，也可以主动亲近，逐渐消除他们对你的距离感和疏远感。见面三分缘，当你与他们的关系相对融洽，他们至少不好意思当面说三道四。

画重点

在这本书里，我不会只分享所谓的宽容和诚意，确实有些人和事是不能够仅靠诚意感动的，所以，更需要读懂人心，找到方法。

这篇文章中三类难以打交道的人，如果按照难易顺序，肯定是城府深的人最难被打动，也是这类人最难成为同盟和友人。所以，我们要考虑清楚人力和时间成本，衡量他们究竟值得花多少时间和精力去攻克。

遇见小人，不必绕道

1. 小人的招数有哪些

我的读者A小姐做广告业务，当年她和B先生同时到公司。这位B先生之前在某个同类公司工作过，能力不错，由于都是刚刚入职，他俩多少有点暗中较劲的意思。有一次A小姐外出办事，不巧她的一个客户路过看望她，B先生就帮她接待了这个客户，双方谈得还挺愉快。客户决定在和A小姐原来谈的半年合约的基础上，再增加一个季度的投放周期。

可是，让A小姐万万没想到的是，B先生在向部门领导汇报工作时说，这个客户所有合约都是他谈下来的，还表示这个客户是第一次在公司签单，所以理所当然，未来所有业务应全都归他。

A小姐非常气愤。但是考虑到自己也是刚到公司，B先生毕竟比自己年长几岁而且业务能力很强，虽然这个客户她跟了两个月，但是毕竟属于公共领域，公司也有规定：公共领域的客户谁签了第一单，以后就是谁的客户。于是，她忍耐了——在一个部门毕竟抬头不见低头见，关系僵了工作不方便。这事于是悄无声息地过去。

A小姐很天真地以为，以后就能与B先生和平共处了。可是，事实并非如此。

一年后，A小姐和B先生都是部门业务骨干，业务副主管离职空出位子，部门负责人知道他俩业务能力都强，准备考察之后选择一个提拔。可是，只过了两个礼拜，突然宣布B先生升职副主管。A小姐既没有加薪也没有任何职位变动，甚至，领导还有意无意忽视她的存在，对她的态度大不如从前。

直到一次部门聚餐，领导酒后语重心长地说："听说你特别有上进心，准备年后去美国留学，我非常欣赏你，出国之前也要在公司好好干。"

是的，后来证实B先生为了升职，在各种领导面前放出消息，说A小姐准备出国留学。他说得绘声绘色，领导先入为主，A小姐又被结结实实黑了一把。

应对小人，善良和退让并没有用。小人的大招是搬弄是非、挑拨离间、隔岸观火、落井下石、敲诈欺骗……小人的死穴又是什么呢？

2. 小人的三个死穴：要命、要钱、要脸

小人通常有两套价值观，一套用来臣服于厉害人，一套用来欺负老实人。所以，要与他们过招，你得先成为一个"厉害"人。"厉害"是什么？横眉怒对，上蹿下跳，撂狠话，念咒语吗？未必，但是，请一定掌握小人要命、要钱、要脸的死穴。

先从最轻的"要脸"开始说。

别觉得小人不要脸，很多小人比谁都珍惜"名誉"，因为名声是他们行骗江湖的外套，如果你能准确迅速地打落他的假面具，通常他会自乱阵脚。

小人特别喜欢标榜自己的无辜和善良。

《红楼梦》有一出戏，二小姐贾迎春的奶妈偷了她的贵重首饰卖掉，被抓包的时候比谁都委屈，说哪个公子姑娘的奶妈不靠这个身份谋点私利。

被欺负了的贾迎春怎么说呢？她讲："我说他两次，他不听也无法。"

这位明明占据主动权的小姐，对小人的忍耐已经到了好欺负的程度，小人当然得寸进尺。

而她的妹妹贾探春不是好说话的人："比不得没闹出来，大家都藏着留脸面，如今既是没了脸，趁此时纵有十个罪，也只一人受罚，没有砍两颗头的理。你依我，竟是和二奶奶说去。在这里大声小气，如何使得。"

贾探春话里话外决不姑息。偷东西轻的结果是求情轻罚，重的结果那就很难说了，她切中要害驳回奶妈一家面子的同时，继而运用利害关系威胁小人赶紧去把偷卖的首饰赎回来。

其次，小人把经济收益看得特别重，比如前面 A 小姐的例子，抢业务和抢升职都是加薪，得早点打醒在利益面前不正当竞争的 B 先生。

早在第一次业务被抢时，A 小姐就应该亏吃在明处。跟了两个月的单就前功尽弃了吗？当然不行，小人与你针头线脑地算计，你充什么大方呢？业务量可以算在公司，大河有水小河满，表态先来个高姿态，绝不给领导找麻烦；但是，细节不能这么处理，业务量可以一人一半，利益分成也五五开。

这不是计较，而是对团队协同作战能力的考验。有了第一次的计较，B 先生在今后使手腕的时候，一定会考虑后果。小人不敢欺负的不是好人，而是厉害人，厉害人最厉害的地方就是不动声色地先让对方明白后果。有了结果的警示，小人不敢轻易出手，他们会由浅入深逐渐试探，捏那个最软的柿子。

小人最怕的，都是像电影《我不是潘金莲》里的李雪莲那种，豁出去死磕的人。

大多数普通人都很中性，既不十分软弱也不格外强悍。小人充分利用这一点，钻了人性中软弱的空子；而死磕的人不计后果，杀伤力极强，连小人都不清楚他们究竟会带来怎样的灾难。小人的胆子弹性特别大，遇到弱者，他们非常霸道；遇到强者，他们特别会见风使舵。

而且，小人一般都特别保命，他们大多不勇敢，赌的是你没有他底线低。可是，一旦风向不对，你坚决又凶狠，而且摆出不计后果的样子和他死磕到底，大多数小人的价值观都会比你更先崩溃，他们觉得惹你这样的人不值得，不如捏软柿子收效快。

就像《红楼梦》里耍横的贾迎春的奶妈，遇到三小姐贾探春，立刻气焰退了。贾探春是有名的不讲情面、不徇私情，连自己的亲舅舅遇到事情都严格执法、秉公处理，这样死磕的人，小人怎么敢碰她？所以，最终贾迎春的奶妈按照探春的要求赎回了首饰。

画重点

写小人，难免戾气重，补充一个寓言。

大象散步的时候不小心踩坏了刺猬的窝，特别惭愧地赔礼道歉，并且希望给予补偿，但是刺猬始终耿耿于怀，拒不接受，偷偷想办法报复大象。有一天，刺猬看见大象睡着，觉得机会来了，自己虽然打不过这个大块头，但是可以趁它睡着的时候咬它一口。

不巧的是大象的皮特别厚，刺猬怎么也咬不动，它围着大象转了好几圈，想来想去终于眼前一亮。它发现大象的鼻子是个进攻点，于是一头钻进象鼻子，狠狠地朝大象的鼻腔黏膜咬过去。

大象在睡梦里觉得鼻子一阵疼，下意识打了个巨大的喷嚏，可怜刺猬被喷出去老远，摔得半死。刺猬在地上躺了很久，痛苦地爬回家，对小伙伴们说："记住我的教训，得饶人处且饶人。"

不管我们有多少对付小人的心术和招数，请始终记得，生活根本的意义不是用来和丑陋的事情消耗，而是有能力对丑恶筑起栅栏，安心享受属于自己的美好。和小人过招，适可而止，做到能自爱也能自保，既不欺软也不怕硬。

小人终究是生活的小角色，不值得耗尽全力去纠缠。真正通透的人，守得住美好，也摆得平丑陋。

为什么总有人当面一套，背后一套

读者 L 小姐私信我，她说：

筱懿姐，我平时觉得自己在公司人缘蛮好，大家对我也很客气。可是，前两天我从一个老员工那儿听说，有很多人说我坏话，她还学给我听了。这些话基本都是莫须有的内容，但是说得很刻薄。心理落差太大，我特别难过，为什么会这样呢？

通常，如果背后议论的同事只有少数几个，症结还可以在别人身上找一找，但是，假如有很多，甚至大部分都是背后非议，那么多少要回到 L 小姐自己身上找原因。

有一项很有趣的调研结果，人们在照镜子的时候会自动进行脑补，镜子中的你大概比真实的长相要好看 30%，也就是说，你真实的相貌比自我感觉要丑 30%左右。是不是有点难以接受？这在心理学上被称为“虚假独特性效应”，指的是人在评价自己能力、技能、知识的时候，通常高估了自己而低估了其他人。

L 感觉平时和大家相处愉快，按道理应该好评度很高，可是，那么多同事在私下里非议她，最大的可能就是 L 高估了自己在职场上的人缘，以至于出现她认为大家都对她表面一套背后一套的现象。如果有这种认知的不对等，L 应该怎样应对？

1. 及时和客观的自我省视

绝大多数单位都会定期发放考核表，由上级、平级、下属等对员工进行 360 度考核。但是，如果希望客观了解自己，就不能等到这种集体性质的考核表发放下来，再去检查自己在整体机构中的业绩和口碑。很多优秀职场人都会随时随地根据不同场景进行自我评估。

比如，出现问题的 L，首先需要做的，就是制作一个自我省视表格。这个表格中至少包括两项：一是“我出现的问题”，二是“我取得的进步”。自我评估至少每个月一次，在训练初期，甚至可以每周、每天一次。这样重复练习，在自我评估的项目中不断增加自己面临的新挑战，同时修改之前的老毛病，就像对自己的更新和升级，督促自己针对具体事务和工作及时总结和反省。

这些自我省视的问题，可以从以下角度出发：我的工作方法正确吗？我和同事的关系有助于完成工作吗？周围的同事认为我是一个容易相处的人吗？在上司眼里，我是一个态度积极、工作主动、值得委派任务和有升职机会的下属吗？我对客户有说服力吗？这项工作结果达到我原先的预期了吗？如果没有达到，问题出在哪里呢？

类似这些问题，不同的工作性质和岗位可以做具体调整。

及时的自我省视是为了帮助我们认清职场中相对真实的自己，不粉饰不回避，也不过多给自己施加压力。检查出自己工作中的问题，就会心中有谱，既不会浪费时间去抱怨，也会减少犯同样错误的概率。

你会发现，与普通人相比，优秀的职场人特别善于自我反省和自我管理。因为每个人身上都有一些先天的缺陷和陋习，就像手机的定期升级一样，我们的能力也需要不断升级。

2. 与同事有效沟通

我们之所以强调“有效沟通”，也是基于L这个案例。比如她认为自己平时跟大家人缘挺好，事实却恰恰相反，真正的人缘好一定不是见面笑一笑寒暄几句或者聊一聊家长里短，职场中的好人缘是你们能够共同寻求解决问题的方法和途径，并且促进你个人和团队工作目标的实现。

怎样在职场与他人进行有效沟通呢？先要了解你的同事是怎样的人。

希波克拉底把人的气质类型分为四种：胆汁质、黏液质、多血质和抑郁质。这个划分同样适用于我们的职场。胆汁质的人很像孙悟空，不好管，活灵活现的，这类人在工作中关注事，关注结果，不太关注过程和人，而且支配欲比较强。跟胆汁质的人进行有效的沟通，就得干脆一点，直截了当，不要婆婆妈妈。

第二种是多血质，比较活泼，爱调动氛围，挺招人喜欢的，比如猪八戒，爱交际，很灵活。他们在工作中通常表现得很活跃，重视氛围，比较容易打交道，你不说话只给他一个欣赏的眼光，他就能表演半天。跟多血质的人有效沟通要顾及他的面子，这类人你一定不能当众让他下不来台，你请他帮忙的工作要经常催促他，不然他真会给忘掉。

第三种是黏液质，这类人话不多，比较被动，但是可靠；他喜欢什么事情都打提前量事先准备好，在工作中表现为特别尊重秩序。跟黏液质的人有效沟通，你要和他一起克服被动，尊重他的秩序感，你可以经常提点他，但是千万不要触碰他的底线，他一旦爆发，会很爆。

最后一种是抑郁质，典型的代表是林黛玉，他们常常处在忧郁的心境状态中，内心很敏感，很在意别人说的话。抑郁质的人在工作中特别关注细节和品质。与他们有效沟通，话不用太多。抑郁质的人很敏感，不要对他们使用支配性特别强的语言，比如：你去，你来，你走。要多用一些表示尊敬的词，比如“请、帮”之类。

根据同事不同的性格特点采取不同的沟通方式，如果什么事情都是用自己那把固定的尺子去衡量和面对，难免出了差错自己还意识不到。

3. 走出口碑评价的暂时性低谷

相比尖锐的矛盾，没有危机的温水煮青蛙更可怕，你会永远活在自己想象的空间中，对真实情况一无所知；反而是了解之后，还有扭转的机会。

文章中能对 L 坦诚说话的同事就是一个突破口。L 小姐可以心平气和地征求这位同事的意见，不再纠结于别人的话哪些对哪些错，因为这样的纠结只会让自己陷入过往评价的泥潭走不出来。如果再脾气上来，跟这位同事犟两句：我怎么可能这样呢，她们说的太不负责任了——那么以后，办公室里再也没有人敢跟她说真话、提意见了。

L 不妨顺势把话接住，感谢这位点醒她的同事：××，太感谢你了。我工作时间不长，工作方法有问题，谢谢你及时的提醒。你觉得我有哪些方面有问题？我又该怎么改呢？

这样，就把抱怨同事的话题转移到了自己身上，解决问题的主动权也拿在了自己手里。说不定，这次职场危机还能成为 L 扭转职场形象的契机。

类似的职场危机并不可怕，关键是怎样通过这些具体的事情，重新思考并且调整自己的职场处事方式，避免以后栽更大的跟头。

画重点

人们在照镜子的时候会自动进行脑补，镜子中的你大概比真实的长相要好看 30%，也就是说，你真实的相貌比自我感觉要丑 30% 左右，这在心理学上就有个概念叫“虚假独特性效应”，指的是人在评价自己能力、技能、知识的时候，通常高估了自己而低估了其他人。

警惕那些爱分享秘密的人

有这样一种人，看上去热情坦诚，热衷于和你深度交流，分享别人甚至是他们自己的八卦。作为交换，他们也很希望了解你的隐私。遇到这类主动分享秘密的人，请务必留心，因为交流不恰当，反目成仇的朋友并不少。首先来看个案例：

A 和 B 是一对同事，也曾经是无话不谈的闺蜜。B 嫁给了一位军人，成为令人羡慕的军嫂。A 经常在部门里说起好友 B 的丈夫对她多么好，工资卡全部上缴，因为和老人同住，家务也不用做，生了女儿都是婆婆带，别提有多幸运了。

在 A 的鼓吹下，部门女孩找男友都以 B 的老公为模板。可突然有一天，办公室就开始传说 B 在办离婚手续，原因是她和丈夫聚少离多感情变淡，和公公婆婆朝夕相处，矛盾激增。

接下来，A 和 B 的办公室剧情更加激烈，两人当众大吵。B 说 A 背叛她，偷偷传递负面小道消息；A 认为自己是好心才将 B 的事情告诉经理，希望领导体谅 B，却被 B 误解。

A 和 B 的友情就此终结。

1. 分享秘密的原因和动机

为什么职场上有些人喜欢主动分享秘密？案例中的 A 和 B 在职场的交

往中没有边界意识，同事和朋友本来就不能画等号，和同事聊天一定要克制自己的倾诉欲。

关于职场上什么能说什么不能说，A 和 B 的心中没有明确界限，导致不恰当曝光了个人隐私。茨威格说过，所有命运馈赠的礼物，都早已在暗中标好了价码。免费的秘密才是职场上最昂贵的筹码，会让你付出沉重代价。归根到底，免费和你分享秘密的人，不仅不注重自己的隐私，更想与你交换其他隐秘信息。假如你听了别人的八卦，作为回报，最好也把自己的私事告诉对方。

我们经常在黑帮电影里看到，对新加入的同伙，为了让他证明自己忠诚，就要派一项任务，或在械斗时命令他补上致命一枪，照做了就是共犯，从此便脱不了身。交换秘密的风险在于，当隐私公开的时候，不仅会和一位所谓的朋友反目成仇，而且这些隐私带来的负面影响更不可能短期消散。防人之心不可无，主动分享秘密的人大多希望你能用自己的秘密交换，一旦你感情用事、嘴巴加速，说出了自己的某个隐私，就会留下不必要的口实和把柄。职场聚散离合，未必人人都是君子。很难说哪天遇到利益冲突，你当时的口舌之快，就变成了口舌之痛，严重的还有可能影响工作岗位。

2. 怎样面对“秘密分享者”

遇到主动的秘密分享者，一定要学会聪明地绕开这些棘手的秘密，最好在你预感到对方会谈论秘密时就转移话题，夸一夸对方的妆容服饰，讨论一下午餐吃什么、最近的流行色之类无关痛痒的问题，表达你的不在意。

还有些人，特别喜欢用各种方法假设、探讨、求证、挖取别人的秘密。如果他们恰好使用聊天工具沟通，一般都会冷不丁冒出来一句：在吗，跟你说个 ×× 的事，估计说出来你都不敢相信，千万不要跟别人说啊。这时你可以回复：天啊，我正忙得不可开交，快被老板催吐血了，这事儿先放放，我忙完了再找你。这样，聊天的主动权又回到了你手里，冷处理三五天，对方的热乎劲儿也过去了；同时，也没有让她太下不了台。

如果是在公司的茶水间或者其他场合，有人凑过来分享秘密，在她正要开口渲染故事情节的时候，你可以用任意一个突然的借口，迅速离开现场。短时间内记得不要单独和这个人再聊天，或者把话题控制在刚刚好的寒暄。经历了一次尴尬，对方通常不会紧接着找第二次。

此外，如果你无意间知道了别人的秘密，最好的处理方法是保持沉默，一定不要做任何的二次传播。一个人的美誉度靠长久的经营，如果你是职场新人，千万不要用所谓的秘密交换卷入纷争旋涡——不要害怕别人说你不合群，在不合群与大嘴巴之间，后者的杀伤力更大。

3. 自己和他人的隐私，与职业信用同样宝贵

C 先生现在是知名互联网企业的高级职业经理人，他曾经在事业上遭遇过一次打击。当时他毕业六七年，由于营销经验丰富，被聘请到一家私营企业工作，他的长板正好弥补了公司的短板。除了相对比较高的薪酬，公司还专门为他租了一套住房——当然，这一切是保密的，创始人也担心其他伙伴了解后心理不平衡，影响工作情绪。

那段时光，C 先生不仅待遇高，而且备受礼遇。在其他同事羡慕的眼光中，C 先生的心理优越感不自觉有点膨胀，语速越来越快，夸下的海口越来越大。在一次酒后交谈中，他无意间透露了自己的特殊待遇，很快，公司为他额外租了一套房子的信息传开了。

这本来不是大事，却是一项典型的特权。同级别的其他高管非常有意见，

大家都是聪明人，平时不多说，却在工作配合、领导沟通等各个层面打了折扣。

任何企业，都不会为了某个人的特殊化影响团队利益。一段时间后，C自己诸事不顺，离开了这家私营企业。吃一堑长一智，他越来越清楚什么是职场上不能说的话题，守住自己的隐私，远离别人的秘密，适当分享看似“亲密”的小事情，拉近与同事的距离。

这些秘密请一定守口如瓶：

很多公司采用密薪制，不允许员工之间交流收入问题，或许有人侥幸觉得大家都在一间公司，时间久了彼此都知道。但是，你不要成为那个主动打听和倾诉的人，了解情况推算出薪资是一回事，无事生非打听出情况是另外一回事了。

工作中的抱怨以及对领导的不满，不要找同事诉苦，没有不透风的墙，人际关系的复杂超越想象，一些以打小报告刷存在感的人，正等着你吐槽后的传播。家庭隐私、个人私生活，比如周末狂欢、男女关系、病痛史等等，这些比较敏感的话题都不要轻易诉说，学会保护自己，才能在成长的过程中远离不必要的麻烦。

远离别人的秘密，就是要远离这些充满了秘密的陷阱：再亲密的同事都有可能因为角色的转换而成为竞争关系，所谓距离产生美，对同事的私事知道得越少越心怀坦荡；对老板的秘密知道得越少心里越轻松，假如老板偶尔心理防线特别脆弱，想找你倾诉点私事，除非你们平时关系就特别好，不然最好巧妙回避，给关系有个循序渐进的过程，任何关系都不是一下子引爆的，太快太突然的热络，往往来得快，去得也快。谁都有特别虚弱的时候，包括老板，可是，一旦他恢复之后，你们的关系多少有些尴尬。

更不要指望知道秘密之后用“告密”拉近距离、邀功请赏。成熟的人不会信任任何告密者，他们明白今天泄露A的秘密，明天就有可能是B受害。所以，告密者这个高危职业，不要碰。

当然，也有一些适合分享、能够拉近彼此距离的“小秘密”，比如：明星的八卦，喜欢的电影、音乐和书，最近流行的明星同款衣服和口红，共同爱好的体育赛事，好吃的餐厅，打折的机票，特价的度假地，等等。这些是可以谈论的家常，使你更有人情味，可以借助这些拉近与大家的距离，营造良好的团队氛围。

画重点

身边人的隐私是雷区，明星的逸事是谈资。

所谓“秘密”的分寸，在于距离的远近。可以畅谈世界，但一定要对近在咫尺的人守口如瓶。

Chapter 08

财 富 情 商

女人最大的奢侈品，不是包和房子，而是自主。

女人怎样才能挣到钱

我曾经采访过一位行业里排名第一的女企业家，听她讲究竟什么样的女人才能挣到钱。

女人首先要有挣钱的决心，再去谈挣钱的能力。

李亦非曾经说："一个女人实现财富自由一共有三种方式：一是继承，二是出嫁，三是自我奋斗。这三种每天都在这个世界上演，没有高低贵贱，你衡量一下自己，然后选一种。"

这话说得非常务实，丝毫没有价值观的高高在上。很多挣不到钱的女人，既无法改变出身，也不能搞掂富有的男人，还不想通过自己的本事去收获，那真是没法子了。

自食其力或许是近两百年来世界给予女人最大的机会和公平，不要轻易放弃。靠男人吃饭的本领和压力，是另一种辛苦，不比工作容易。

假如你确定愿意靠自己挣钱，下面的话才对你有意义。

1. 挣到钱的女人都至少有一项过硬的本事

在很多人心目中，葛丽泰·嘉宝是影史第一女神，甚至20世纪30年代经济大萧条时期，小偷频繁光顾巨星豪宅，也从不去嘉宝家，他们流行一句话："敬佩嘉宝。"

从"情商"的角度，嘉宝一点都不随和：她孤僻、冷傲。可是与她合作过的所有导演与摄影师都说她是他们梦中的文艺复兴女神，她有着过去和未来最美的眼睛，一个英国记者甚至说“她的脸是人类可以演进的终极”。连希特勒都热爱她的演技，迷恋她主演的《茶花女》。

嘉宝是当时收入最高的女演员，1936年她出演《茶花女》片酬五十万美元，这个纪录维持到1960年代才被伊丽莎白·泰勒的《埃及艳后》打破。

嘉宝的富有仅仅是因为她漂亮吗？美的标准见仁见智，独一无二的演技和票房保障却是看得见的本事。

假如有一天，你在某个领域像当年的嘉宝一样不可取代，就意味着你掌握了最大的话语权，甚至具备我行我素的能力。如果你牛掰到了天才的程度——即使是梵高那种另类的艺术天才，只要活得足够长，世界都会为你让路，何况是钱？

真正的优秀，未必高瞻远瞩、纵横世界，而是擦地板都比别人擦得快和亮。

而很多女人终其一生，做了那么多事，却没有全力以赴做好其中的一件。

2. 挣到钱的女人都有可控的情绪

当你决定成为职业女性，或者选择创业模式，那意味着，没有多少人体谅你是男人还是女人，是二十岁还是四十岁，身体健康还是有特别的病痛，一人吃饱全家不饿还是上有老下有小琐事缠身，心情愉悦还是遭遇了很大的变故。

你主要的价值来源于出色地完成工作。即便有再值得同情的理由，他人对你工作绩效的谅解都不是长期的——工作是个协作项目，在任何性质的机构工作，与在家SOHO、自我创业，甚至做全职主妇的性质基本相同，你的环节出了问题，直接影响别人工作链条的正常运转。所以短暂走神可以被谅解，谁都有不在状态的时候，但长期不在服务区，没有人能忍受。

那么，还需要发火、憔悴，歇斯底里吗？坦率地说，这些都没有什么用，还很浪费体力。

情绪可控这项优点，很多女人三十五岁以后越发体会到它的作用，年长兼有稳定的情绪，就是权威感。

3. 吃得了苦

挣得到钱的女人，大多吃得了苦，无论心理或者身体上的苦。

我这位女朋友从来没向我抱怨自己遇见多少难处，反倒我身边经济状况远不如她的女人频繁念叨自己的苦处：找不到男朋友，孩子不听话，上司难搞，买房钱不够……

我认识她这么多年，几乎每年都要从别人那里听说她资金紧张、市场竞争激烈、被人挖了高管，但每一次她都笑嘻嘻地站在我面前，依旧是行业第一。

我还记得她有一次淡淡地提起，每年春节前都要准备一笔款，专门应对借钱的熟人和亲戚。她和我都很清楚，这些钱相当一部分有去无回，但仍然借出了。穷人有穷人的交际，富人有富人的应酬。我也曾问她心里是否苦闷委屈，她笑笑说：

“委屈的事，又何止这一件？财聚人散，财散人聚，看你求什么。

“大多数挣钱的委屈和辛苦，与花钱的酣畅淋漓都成正比。

“而大多数所谓的苦，都不值得为外人道——贴心的人不用说就心疼你的苦；对看笑话的人说了之后，他会为你的苦喝彩。”

4. 尽己所能拾掇得好看点

太难看，会把钱吓跑。

连亚里士多德这样的哲学家都说：“美丽比一封介绍信更具有推荐力。”想想周围经济富裕的女人，只要不是审美观出现巨大偏差，都不会太难看。品味这件事，光看时尚博客根本学不会，那是真金白银的学费和日积月累的修炼调教出来的，有条件时，千万别放弃。

但是，很多人都会犯一种错误，觉得颜值高就是形象好，实际上并非如此。颜值表示人的容貌英俊或靓丽的程度，而形象，从心理学的角度来看，是人们通过视觉、听觉、触觉等各种感觉器官在大脑中形成的整体印象，是综合感觉的再现。

所以，颜值并不等同于形象，而只是形象的一项要素，个人的打扮、行为举止、笑容谈吐等都是形象的内容。假如一个颜值很高的人，行为怪异、不善打扮、性格孤僻，那也很难和形象好联系在一起。

所以，如果不是和自己有仇，也不是和钱有仇，每天多花个把小时打扮得美一点，注重仪态，有什么做不到呢？

曾经有一个讽刺富人的笑话：有钱人到海边度假，感慨自己努力赚钱，终于可以躺在风景里无所事事；渔民听了说：“我天天都躺在风景里无所事事啊。”

我以前觉得它是讽刺富人忙着挣钱忘记享受生活，可是，年纪越长，我越感到这个故事没有讲完：对于渔民，躺在海边晒太阳当然简单，可是，假如他想去比利牛斯山滑雪，想去巴黎看画展呢？他还能轻松达到吗？

在你想见识更大的世界时，钱的作用就显示出来：它能带来独立和自由，而人们热爱独立与自由的生活。

我不觉得有钱一定会幸福，也并不仅用财富的多寡去评判一个人，但我越来越深地体会到：与其空谈情绪和理想、男人和别人、八卦与绯闻，真不如扎扎实实地聊聊挣钱。一个女人，凭借自己的能力体面地挣钱，是最值得尊敬的品质。

愿我们少一点虚妄的幻想，多几分扎实的本事。心可以飞扬，双脚却要永远踏实地走在路上。

女人最大的奢侈品，不是包和房子，而是自主。

画重点

《穷忙》这本书的作者戴维·希普勒曾说："各种致贫因素并非孤立存在而是互为联系的。对于几乎每一个家庭来说，贫穷的成因都有一部分经济原因，一部分心理因素；一部分个人因素，一部分社会原因；一部分过去的影响，一部分现在的情况。每个问题都令其他问题造成的影响加大，所有问题之间的联系是如此紧密，一个逆转就能够导致连锁反应，令结果与初衷背道而驰。"

积累财富实际上是个系统工程，是智商、能力、情商、机遇等共同选择的结果。

拉开女人之间差距的，究竟是什么

很多人问过我，什么才是好老板？跟着什么样的老板才能不断精进，获得更多的成长空间，挣到更高的薪酬？

我仔细回忆了对我影响最大的三位老板，他们每一个都差遣过我打字复印、端茶倒水、订盒饭、坐在饭局当花瓶，但是，我依旧觉得，和他们共事我赚大了。

1. 人与人的差距，从细节开始，然后扩展到十万八千里

A是我大学毕业后第一个老板，曾经是世界五百强某快消品公司销售总监。我是他的秘书，刚入职就听说他的很多怪癖：比如他把当销售总监时的副手带到新东家，因为那个家伙当年每次检查货品，都要把瓶子擦得干干净净、摆得面向同一方向，连LOGO的角度都纹丝不差。

那时，大家都用同情的目光看着我，觉得当这种细节控的助理，我倒霉透了。

事实并不是这样。

我很快发现了他的细节习惯：烟灰缸、窗玻璃、墙角、书柜等所有别人不在意的边角料一定要干净，他能一眼看到新鲜的灰尘；男员工的衣领、袖口整洁，女员工如果涂了指甲油一定不能斑驳；提交的工作报告不允许出现任何错别字，甚至连标点符号也不能错。

这些看上去都是小事，都做到却真不容易。

不放心保洁阿姨打扫的卫生，我每天提前半小时到办公室，重新把他在意的角落清理一遍，尤其是烟灰缸，对着光反复擦；办公室里放一瓶同色指甲油和洗甲水，多准备一套职业装和丝袜，以免脱丝邋遢出丑；自己的报告反复检查，把错别字扼杀在电脑里。

对我的努力，他并没有过多言语。但是，有一次，一个非常高端的业内论坛举办前他突然生病，把自己的名额给了我，安排副手带我一起去开会。那时，我刚毕业四个月，会议上结识的人脉和行业资源，有些至今仍然在联络。

没多久，公司有升职机会，他破格提拔我做主管，刷新了基层员工升职纪录。在祝贺时，他对我说：

“人与人之间的差距起初从细节开始，不知不觉扩展到十万八千里。把小事做好，才有机会做大事；把今天过好，才有能力过好明天。我们不在意和不知道的事，默默影响着别人对我们的看法，别轻视任何一个小机会、小人物、小发展。”

其实，没有几个烟灰缸是白刷的，就像生活并没有边角料一样。

2. 别在最该看世界的年龄，去买了包

B是我的第二个老板，接替离职的A。她是个美貌空降兵，和我一样中文系毕业。

起初，我以为B给女员工最大的福利是抽屉里的指甲油随便我们涂，她信手分发给大家的丝巾、小配饰在姑娘们眼里都是精品，发完过节费就带我们出门买买买，还免费提供各种时尚杂志和穿搭经验。

陪她出了几次差之后，我发现自己太把职场上的蝇头小利当回事儿

了。B给我最大的帮助是：女人怎样管理和规划自己的时间。

B有个非常健康的作息表，即便在出差期间。

早晨5：00起床，晨练1小时。

6：00回房间贴面膜。

6：30到餐厅吃早餐。

7：30整装完毕开始工作。

晚上11：00前必须睡觉，早睡早起既健康也美容。

因为精力充足，B逻辑性特别强。她能够同时规划和处理好几件事，时间利用率非常高。

我曾经请教过她："万一重要工作晚上11点前处理不完，你也睡吗？"

她想了想说："迁就别人、没有自己的原则是女人很大的短板。你不立规矩，别人就要用自己的规矩影响你。世界离了谁都照样转。所有人都知道我早睡早起的习惯，从我刚工作时就是这样，所以，极少有问题要晚上11点以后再处理。"

她作为老板的雷厉风行，和女性的风情有趣一点也不违和。她既能带我一起买包和衣服，也能领着我看世界，就像她自己说的：

"女孩别在最该看世界的年龄去买了包和衣服，身材好了穿什么都好看，专业就是你的身材和内功；别在最该努力的时候选择安逸，所有的技能都是熟了才能巧；别在自我和所谓的爱情之间选择了并不尊重你的男人，以后他会折断你的翅膀。"

确实，拉开女人之间差距的不是脸和体重，而是眼界。

3. 有门的地方就有后门，没有本事走前门就得走后门

C是我的第三个老板。那时，我从报社新闻部调到广告部，因为业务关系，有大量饭局，我烦透了。

我用各种理由逃饭局——不舒服，不喝酒，工作没做完走不开，家里人反对，等等。因为，我确实见过不少女人在饭局上失态，说傻话做傻事，自以为酒量好充大头，交际得充满风尘味，我总觉得斯文、得体、优雅、温和才是女人的本性。

我直截了当地对C说："我不吃饭，不喝酒。"

C看看我，问："为什么呢？"

我说："这不是做业务的正道。"

他又问："你觉得什么才是正道？办公室里能谈完所有的事吗？饭局上女员工一定要喝酒赔笑吗？你记住了，有门的地方就有后门，没有本事走前门就得走后门。你先把本事练出来，再开口提要求。"

我工作以来第一次被怼得差点掉眼泪，不就是吃饭吗，还能总结不出经验来？

我花了一个月时间，整理了八大菜系资料，包括经典菜和典故，食材的讲究，摆盘的次序，点菜的窍门；总结了饭局礼仪，包括座次与说话之道、十五个经典开场白、常用祝酒词，还把这些素材做成PPT，分享给需要的女同事。

后来，我发现，领导C对待我的态度转变非常大，饭局虽然照样有，但他特别注意考虑我的方便。而且，由于自己技能的提升和领导的照顾，我没有遇到过很难堪的场景，反而在饭局上结识不少良师益友，获得很多机会。

没有人天生有眼色，别人的脸色看多了，就练出了眼力；没有人天生会吃饭，苦水吞多了，就学会了喝汤的时候姿态好看点；没有人天生礼数周全，犯过几次错，就知道什么时候开口，什么时候闭嘴，最难听的话要用最动听的语气说出口。

我创业后开第一次年会，邀请C出席，他不巧在出差。年会开到一半，我远远见他坐在会场最后一排鼓掌，身边放着行李箱。我心里一热，眼泪不受控制地流下来，走过去问他："师父，你出差还赶回来？"

他说："为你高兴啊，就像我们以前说的，女人的脸色永远不如她的成色。"

是的，女孩，或者女人，最值钱的不是衣服、包、手表这些外在，而是她的学习能力，以及成长的动力。

好老板不在于他脾气好，容忍度高，对你态度和蔼，而在于他真的是行业标杆，专业能力出众，满身本事值得你学习。

学到了这些重点，你还会介意某个老板对你态度不够温柔，差遣你买盒饭打杂，要求你陪同出席饭局吗？有些学费，是免不掉的。

画重点

领导者的核心不是可爱，不是态度和蔼，说话让每个人都如沐春风，那是喜剧演员。领导者的核心价值在于明确企业发展方向，了解团队的长板与短板，带领大家走到力所能及最远处。

这样的老板，才是升职和加薪路上的良师益友。

好女人=不花钱的女人吗

1. 爱情和钱究竟有没有关系

二十三岁时，我和一个大三岁的男人恋爱。他是客户方对接人，我们因工作认识，似乎有聊不完的话题，关于职业、电影、小说、音乐，等等。但我们在一个问题上分歧特别大——消费观。

他非常节俭，精打细算，总是督促我攒钱。

而我，总想把钱花在“体验”和“经历”这些他看起来“没有用”的事物上。

他看过很多电影，但很少去电影院——他觉得网络播放一样精彩；我却觉得，音效、视效和整体感受在电影院一定更好，胶片的质感只有大荧幕才能充分展现。

他对食物很马虎，觉得“进食”是人类生存本能，花太多时间研究很浪费；我却愿意花费一个小时路途去吃一碗特别美味的馄饨。

他觉得理财相当重要，工作、挣钱、买房子、生孩子是人生必然轨迹，所以，直奔目标最迅速；我却坚持除了生存，更要有生活，工作、挣钱、买房子、生孩子这样压力很大的事，总要给点甜头才能一直坚持下去吧？

他觉得年轻时过苦日子，老来才有积累，才能过上相对优渥自由的生活；我也认同，可我同样认为某些心境和能力只存在于某个特殊的年龄，比如，绝大多数七十岁的老人都不再渴望去南极，即便有钱也没有那个身体。

我深深地觉得，如果人的需求全部下降到基本水平，世界还发展个什么劲儿呢？人类的进步难道不就是在衣食住行这些基础的方面更加美丽、舒适、先进、科学吗？

所以，消费观我们无法达成共识。

但是，因为爱情，我妥协了，我迁就他的方式生活。

结果，连我的女老板都发现我越来越没精打采。

她在我的报销单上刷刷签好字，递给我时开玩笑："李筱懿，你最近没买新衣服，没看好书，没吃好东西，口红也擦完了吗？看上去灰头土脸的。"

我怎么说呢？

2. 金钱，是帮助你实现愿望的工具

两个女人，特蕾莎修女和安娜女士，分别是世界上最节俭和最奢侈的女人，她们谁贡献更大呢？

特蕾莎修女1979年获得诺贝尔和平奖，成为最没有争议的获奖者；1999年，美国评选"20世纪最受尊敬人物榜单"，她被票选为第一名，排在她后面的是马丁·路德·金和美国前总统肯尼迪，她几乎以压倒性的优势赢得了这个荣誉。她的无数善举包括在加尔各答附近的神庙里，建立了为濒死穷人服务的"临终关怀之家"，修女们精心照料贫病交加的人们，让他们获得安慰，甚至挽回了其中不少人的生命。

在诺贝尔奖授奖仪式上，特蕾莎修女说："我愿意代替世界上所有的穷人、病人和孤独的人，来接受这个奖项。"之后，她把卖掉奖章的钱及

19万美元奖金，全部捐献给贫民和麻风病患者。

特蕾莎修女衣食住行极其简单，夏天没有电扇，冬天没有暖气，没有冰箱、洗衣机，甚至连肥皂和刷子都没有。她说："除非你过贫苦者的生活，否则你如何了解他们？"

她是世界上最贫穷也是最富有的女人。

安娜女士是佛罗伦萨美第奇家族的最后一位继承人，这个家族资助了达芬·奇、米开朗琪罗、波提切利、拉斐尔、提香等数十位世界顶级艺术家，没有美第奇家族就没有文艺复兴。

美第奇家族富可敌国，闻名世界的乌菲兹美术馆、碧提宫都是他们的私产；价值连城的绘画《天使报喜》《春》《维纳斯的诞生》等等，都是他们的私藏；著名的大卫像原来就摆放在家族办公室的广场上。

安娜生活在屋顶镶嵌无数珍珠贝母的宫殿，用金、银、玛瑙、宝石等各种珍贵材料制作的餐具进食，在世界上最伟大的艺术大师们的真迹中徜徉，品味卓越，慷慨超然，把大量个人财富投入到宗教和慈善活动中。

安娜女士最伟大的举动是，由于家族没有子嗣，她立下遗嘱，将所有美第奇家族贵重的私人财产，包括艺术品，全部捐赠给佛罗伦萨政府，要求这些国宝不得流到国外。

因此，这些人类瑰宝才得以完整地保存在意大利境内，我们今天才能看到当年的模样。

安娜是最富有，也是最慷慨的女人。

金钱，只是一种工具，帮助你实现愿望。

无论对于伟大的女人，还是你我这般普通的女人都一样。

3. 女人不用为自己合理的消费需求惭愧

我的女老板和我当年男朋友的男老板关系不错，对于我们的情况，多少了解一些。

她把报销单递给我时，耸耸肩膀："女人不用为自己合理的消费需求惭愧。我们敬佩节俭，并不认为钱能买到世界上所有的东西，但我们也承认，有些经历和体验，是一定要付费的。比如，至少要看过了世界，才会形成'世界观'吧。"

我很困惑地问她："为什么男人这么怕女人花钱呢？"

她笑了："怕女人花钱的男人，往往有三种原因：

"第一，他崇尚节俭，对自己和对你同样节约。他和你消费观不同，你们无所谓对错，但注定走不到一起。物质基础决定上层建筑，在爱情中除了荷尔蒙和多巴胺，还有消费观。消费观不同的男女很难从爱情走向婚姻——爱情是情感，婚姻的本质是经济共同体。

"第二，他不是怕你花钱，他是怕你透支他的能力，'钱'是他对未来的掌控力，他担心自己没有那么大本事养活你，活得太累。

"传统的中国观点要求男人挣钱养家，这是他的责任、面子和尊严。从这个角度上说，'花钱'的女人，一定比'不花钱'的女人给男人的压力大，尤其对于物质上没有太大需求的男人。

"第三，他确实小气。但是，小气也不可气呀，世界那么大，你干吗非要在一个小气男人身上吊死呢？找个大方的好了，省得相互折磨。"

我不确定是否我女老板的解读打动了我，至少我和他没多久就分手了。他过得很好，我也过得很好，我们省略了两个不合适的人相互折磨的过程。

如今，我年近四十。

我崇敬特蕾莎修女，就像我崇敬安娜女士一样。

消费是一个特别私人化的选择，任何女人，都不必为自己力所能及的合理的经济需求惭愧，你想买一支口红并不比想买一本书低级或者高级，想出门旅行也不比想买一个包文艺或者拜金，热心慈善也不比热心理财高尚或者庸俗。

你愿意怎样花自己的钱，是你的自由，只有当你的欲望超过了你的能力，才需要警醒。

直到今天，我依旧是个挺“爱”花钱的女人，但是，我丝毫不为此羞愧；相反，我还挺骄傲，因为要保持相应的消费水准，我必须不断提升自己的工作、学习、应对能力。

该花钱时花钱，但不浪费；那些花掉的钱，那些买来的经历，并没有空耗——正是看上去不是生活必需品的东西，让女人明白什么是真正的好东西、好人、好生活。

该节俭时节俭，但不抠门，适可而止不虚荣，不只靠外在的东西表达自己过得不错。

梦想拥有真正的好东西，是女人挣钱的巨大动力。

画重点

怕女人花钱的男人，往往有三种原因：

第一，他崇尚节俭，对自己和对你同样节约。他和你消费观不同，你们无所谓对错，但注定走不到一起。

第二，他不是怕你花钱，他是怕你透支他的能力，“钱”是他对未来的掌控力，他担心自己没有那么大本事养活你，活得太累。

第三，他确实小气。

买了所有明星同款衣服，为什么依旧像路人

1. 穿得好看的女人，眼界都不差

我的穿衣启蒙来自十五年前我的女老板。

她很像当年时装ICON（偶像）章小蕙的服装风格：常年的大波浪卷发打理得一丝不苟，每天的衣服精心搭配，鞋子、手包、腰带等配饰总有点睛之笔的呼应，细节处见用心；她还有各种颜色的口红，每天根据着装整体色调调配，我觉得把她一个月唇膏的颜色记录下来，就是化妆专柜导购小姐手里完整的色卡。

我还记得她当年特别喜欢穿Chloé的衬衫，那时，菲比·费罗（Phoebe Philo）还在Chloé做品牌创意总监，没有去Céline，这些衬衫偏向米色和蓝色，低调、温柔而又显瘦，正好中和了她霸道女总裁职位的硬气，看上去气质十足又有力量。

我被她深深迷倒，开始模仿她的风格。

买不了她的品牌就买类似款，并且以数量取胜。我觉得只有试得够多才能找准自己的服装定位；只有买得够多，才能看清不同的自己，应对足够多的场合。可是，穿来穿去我总觉得哪里不对，甚至几乎差不多的款式，我们俩穿出来的美感都差了好几个档次。很快，我就成了那个传说中“买了一柜子衣服，却穿什么都不好看”的姑娘。

有一天，估计她实在看不下去了，在临近下班聊完一件工作后仿佛随

意地说起：

“你那件裸粉色衬衫搭配得不对，你用它去配一条黑色铅笔裙，从色系过渡看太僵硬，你试试搭配灰蓝色和深紫色，这几种颜色听起来反差大，视觉上却特别和谐。而且，你年轻，裙子不要太长了，显得没有活力，三十岁以后有的是你穿长裙的时间，短裙却是三十岁前穿最美。”

我和她是校友，学的都是中文专业，她和我的私交和情分超越上下级。于是，我得寸进尺嬉皮笑脸地说：“老板，教教我怎么才能穿得好看嘛！”

她笑起来：“你以为那些穿得好看的女人仅仅是衣服好看？实际上穿衣来自审美，而审美出自眼界的提升，要练出眼界，那得看过真正的世界——你的家庭教育、读过的书、听过的音乐、旅行过的地方，最后都变成你挑衣服的眼光和穿衣服的气质。

“时装ICON随随便便披块布都好看，而有些女人买了一柜子衣服，却穿什么都不好看，因为她们只是买到了衣服，只拥有了一个大衣柜，自己的眼力、气质却不够，甚至因为把钱全花在衣服上，没有机会多阅读、旅行和钻研，眼界都被塞在这个柜子里，没有对服装的表现力。

“她们被衣服穿了，而不是用自己的风格撑起了衣服。

“而那些穿衣最有风格的女人，无论是菲比·费罗、章小蕙还是当年的张爱玲，可不是仅有虚荣和金钱，她们是走遍了世界，练出了眼力和风格。”

2.“用钱打扮自己去嫁人，和用钱读书，选一个”

张爱玲的母亲曾经给了她两条路选择：“要么嫁人，用钱打扮自己；要么用钱来读书。”张爱玲选了后者，她甚至说：“昨天，我卖身给学业；而明天，我将嫁身于生计。”

后来的经历证明她的选择是对的。爱情和金钱都可能失去，知识、眼界、才华却永远属于自己。有谋生的本事才会拓宽视野，所以，那个年代绝大多数女人都在依附男人生活，婚姻的选择也都围绕谁更能养得起自己；稿费高昂的张爱玲敢由着性子爱，爱对人爱错人是一码事，能够顺着自己的心意而不是被生活所迫选择感情，本身就是一种底气和勇敢。

因为这种经历和气质，张爱玲的衣服充满彪炳个性的张扬，还有点奇装异服，别人穿不行，只有她自己hold得住。

传说中穿衣败家的章小蕙，但凡喜欢的品牌有新款上市，一定要买回家，就算国内没货，也要第一时间从国外邮购回来。她曾经有句名言："谁说我会买很多衣服啊？！我一季只会买十件，好看的话买十三件，不好看就少买几件！"

但是，她成为当年的时装ICON并不是靠买得多。她自十五岁就开始收集时装资料，包括英国、法国、意大利的杂志都看全，她把三万份资料分门别类地整理好，犹如一个小型服装数据库。每年流行什么风格，哪些款式经典，哪里的衣服性价比最高，哪儿有最多的古董衣店，时装周流行什么，她都如数家珍；甚至，她在大学里选修的也是设计——她不是随便买，她是用专业在穿衣服。

很会花钱的章小蕙，其实更懂得善用自己的天赋赚钱。早在1993年，她已经筹卖二手衣，成为香港卖二手衣的鼻祖。当时她把自己与丈夫、子女的旧衣服，以慈善名义拿出来拍卖，其中20%的收益归她所有，仅仅这一部分利润就高达一百万港币。

还有我老板的偶像菲比·费罗，她毕业于伦敦中央圣马丁艺术与设计学院，她的人就如自己的设计一样，简单、纯粹、干练。她在职业生涯的高峰毅然退出Chloé，回家专心带孩子；接手Céline后，为了照顾家庭，说服总部把设计部搬到了伦敦。她总是穿着黑、白、灰、驼色的衣物和牛仔裤，在风云变幻的时尚界特立独行，她性格的低调和极简与服装相融合，创造出极简主义的新生。这样的女人，才能让每一块经她手的面料都令人向往，造就了专卖店里总是卖断货的“笑脸包”和“囧脸包”。

那些穿得有风格或者好看的女人，不是买得多，而是她们用自己的阅历和视野支撑起了衣服的风骨，衣服不过是她们价值观的另外一种表达方式。

还有另外一些女人，买了那么多明星同款，却依旧穿得像路人，不是衣服不对，是人不对。

3. 给所有衣服烙上你独特的气质

女人需要的不仅是一件衣服，更是衣服背后的那份工作、那次旅行、那本书、那回交谈、那段音乐。

回想那些年，我二十多岁，满脸胶原蛋白，身形也不算难看，还有一柜子衣服，却很少有人夸我穿得好看，只有人漫不经心地说：“小李，你衣服还蛮多嘛。”

后来，在和我的女老板交谈之后，我不再花那么多钱买那么多质量不高还风格重复的衣服，而更多地把钱用在旅行、学手艺、看书和工作本身。

处理完棘手的项目，升级打怪的能力越来越强，很多人都夸我自信了；去过了很多地方，尤其在西班牙亲眼看到达利的各种画作和照片，突然就理解了这个天才为辛普森夫人设计“龙虾裙”的大胆和创意；在葡萄牙的现当代艺术馆，看了时装展览，对面料和设计的解读就像打通了审美的任督二脉；电影、音乐和书籍，更是一个女人风骨的支架。

在某一天，我突然就理解了，穿衣服和谈恋爱一样，不是从海量候选中挑挑拣拣，浪费自己的时间和精力不停试错，而是随着审美和阅历的提升，眼光精准，扬长避短，少即是多，一下子就能挑到最适合自己的那个。

对一个女人趣味和审美最高的评价，莫过于那句：

“亲爱的，你穿得真好看！”

穿得好看的女人，幸福力和幸运力都不会太差。

画重点

穿衣来自审美，而审美出自眼界的提升。要练出眼界，那得看过真正的世界——你的家庭教育、读过的书、听过的音乐、旅行过的地方，最后都变成你挑衣服的眼光和穿衣服的气质。

穿衣服和谈恋爱一样，不是从海量候选中挑挑拣拣，浪费自己的时间和精力不停试错，而是随着审美和阅历的提升，眼光精准，扬长避短，少即是多，一下子就能挑到最适合自己的那个。

与其议论别人挣了一个亿，不如自己踏实去挣一千块

1. 很多女人，太喜欢过嘴瘾

女人为什么时间观念比男人差？

我听过的最有趣的解释来自女友K，她自己的集团公司有九个子公司，每一个盈利状况都不错。而十年前，她的公司已经蒸蒸日上，只是没有目前的规模。

那天，午后阳光正好，她神气活现地坐在办公桌前笑着说：

"你想啊，男人的时间观念从原始社会就开始培养了，他们负责狩猎，太阳是最原始的表盘，太阳下山前如果赶不回山洞，就有可能被猛兽吃掉。那种与时间赛跑的紧迫感是女人体会不到的。正是因为明白这个道理，男人特别'守时'，也因为守时，目标感也越来越强——太阳升起干什么，日上中天干什么，夕阳西下干什么，都有明确的时间规划。

"效率和速度一直是评估男人掌控能力的重要指标，所以，从整体上说，大部分男人的时间观念优于女人。"

她说得我不得不服，于是逗她："你再讲讲，为什么成功企业家男人多女人少？"

她眼珠转了一会儿，笑着说：

"咱们还说原始社会的习惯养成吧。男人怎么打猎？一群人出发，看到一头鹿，或者野猪，他们肯定先安安静静排兵布阵，生怕发出声音惊动

了猎物，让整个狩猎计划泡汤，让部落老小没吃的。他们准备好武器，人员做好分工，再一拥而上，齐心协力制服猎物。他们拼的还是力量、专注和谋划，过多的语言反而吓跑猎物。所以，大多数男人话少、执行力强，而且能说到做到点子上。

“再脑补一下，女人怎么摘果子？她们聚在一堆用原始语言聊天——阿妈呀，你知道东边山岗上的绿果子好吃呢；阿姐呀，其实西边山上红果子更好吃；阿妹呀，你上次的黄果子是哪里找的；阿婆呀，你能帮我照看孩子让我去摘果子吗……

“女人挣吃的，拼的是信息交换，要讲很多话，好处是信息发达资讯快，坏处是越来越唠叨和八卦，还常常分不清主次。”

哈哈哈。笑死我。

她却一本正经收起笑脸，继续说：

“你别笑啊。就拿我们做房产的去竞拍土地来说，我观察过男人，多少钱之内是理想价格，超过10%可以接受，超过18%完全免谈，只要这个目标确认，困难和委屈都不算事，达到目的才最重要。

“你再想想身边的女人，大多数目标都很模糊，明明谈业务，聊着聊着就变成问人家孩子了，话题经常跑偏。受不得情绪上的委屈，却在不该妥协的时候一再降低标准。我不是说所有女人都这样，但大多数女人有这个毛病。企业家最犯不起这样的错误，所以，企业家里男人比女人多。”

我还在心里为她的神回复叫好，她却不留情面地轰我走：

“我工作时间到了，你不能耽误我，不然我当个穷女人你养我啊？”

2. 把精力和时间集中在“挣钱”这件事上

2013年10月10日19：00，诺贝尔文学奖揭晓，加拿大作家艾丽斯·芒罗获此殊荣。据CNN报道，艾丽斯·芒罗是获得诺贝尔文学奖的首位加拿大国籍作家，按照诺贝尔奖章程，文学奖奖金为一千万瑞典克朗，以中国央行公布的汇率，这笔钱大约是九百四十万人民币。

在此之前，艾丽斯·芒罗已经是加拿大总督文学奖、英联邦作家奖等多个奖项的获得者，出版了超过十五部作品，是名副其实的作家中的女富翁。

可是，这个女富翁的写作生涯，却是将近四十岁才开始。四十岁，对于普通女人是个多么可怕而忙碌的年龄——青春和精力都所剩无几，却要面临家庭、事业、自我多重矛盾，但芒罗却说：

"我其实三十六七岁才出版自己的第一本书，而我二十岁时就开始写作，那时我已结婚，有孩子，要做家务。即便在没有洗衣机之类的家电时，写作也不成问题。人只要能控制自己的生活，就总能找到时间。如果我二十五岁时就通过出版小说迅速证明了自己，那说不定倒是件糟糕的事情。"

她还觉得，如果女人真的要做一件事，总有办法挤出时间和精力，除非决心不够大，意愿不够强。

挣钱也一样。

没有女人不想挣钱，但是，为什么到最后挣钱的时间和决心却被八卦、逛街、打牌、谈恋爱占用了呢？因为挣钱通常很辛苦，谁不喜欢做那些轻松的、让自己舒服和愉快的事呢？

什么样的女人才能克服先天的惰性，勤快地挣钱呢？

第一，喜欢提前规划的女人；

第二，有行动力和执行力的女人；

第三，专心的女人；

第四，独立的女人。

这里特别强调一下“独立”。

“独立”跟“挣钱”有什么关系？关系非常大。很多女人惧怕独处，习惯别人陪着自己一起做某件事，这样非常浪费时间和精力。比如逛街，一个人逛直奔主题，两个人逛等来等去。

女人当然需要恰当的时间和亲友共处，但并不是每件事都要和别人一起做，独立是高效完成计划、迅速提升能力和快速挣到钱的前提。

艾丽斯·芒罗在1979年至1982年游历了澳大利亚、中国和斯堪的纳维亚半岛，并且担任不列颠哥伦比亚大学与昆士兰大学两所学校的住校作家。有20年的时间，她每隔4年就出版一部短篇小说集，不断地在加拿大和国际上获得各种奖项。

别人看到她的才华、荣誉和财富，只有她自己了解其中的规划、努力和自立。

3. 废话少，才挣钱多

我的朋友大多很务实，K更是其中踏实到了严谨的女人。她也看八卦爱逛街，但是，她懂得适可而止，她把我们很多女人议论别人的时间，全部花在了自己身上。

她曾经和我聊过女人的精力管理：

女人的时间花在哪里显而易见，我们的一天由一件件小事组成，工作、约会、照顾家庭、聚会、健身、美容、逛街、度假、网购、看偶像剧等等，这些小事分割着我们的精力，绘就了这个时代女人的忙碌。

如果大量精力消耗在微信聊天、网购、看偶像剧这些吃喝玩乐的事情上，说明你及时行乐——这没有什么不对和不好，但注定挣到钱的可能性低。

我们在生活的哪一方面花了时间，就会得到相应的反馈：每天健身两小时，会拥有令人羡慕的好身体；每天阅读两小时，会拥有丰富的学识和心灵；每天专注研究挣钱两小时，你银行卡里的数字会慢慢增长。

挣到钱的女人，大多是不废话的女人。

她们喜欢包就挣钱去买，不会长时间对着橱窗眼馋；她们喜欢衣服就攒钱拿下，不会看到别人穿心里泛酸；她们面对别人的财富不会嫉妒，会琢磨别人的长处为己所用，因为她们太清楚：

与其议论别人挣了一个亿，不如自己踏实去挣一千块。

别人的事，和我们自己有什么关系呢？

不仅挣钱如此，所有的事情都这样。

画重点

没有女人不想挣钱，但是，为什么到最后挣钱的时间和决心却被八卦、逛街、打牌、谈恋爱占用了呢？因为挣钱通常很辛苦，谁不喜欢做那些轻松的、让自己舒服和愉快的事呢？

我们当然需要恰当的时间和亲友共处，但并不是每件事都要和别人一起做，独立是高效完成计划、迅速提升能力和快速挣到钱的前提。

[全书完]

参考书目

写作这本书的过程中，作者参考了大量与情商、自我管理、人际沟通等话题相关的经典著作，对其中的一些概念进行了详细阐释，大家如果感兴趣，也可以仔细阅读以下几本书：

1. 卡尔·纽波特《深度工作：如何有效使用每一点脑力》

如何在网络时代善用脑力，成为一个不可替代的人？收到电邮的最佳回复时间是什么？开放式办公环境合理吗？或许这本《纽约时报》和《华尔街日报》力荐的畅销书可以告诉你。它将帮你重新审视习以为常的工作习惯，让你不再深陷于低效忙碌中。

全书共分为两部分：在第一部分中，作者从神经科学、心理学、哲学等角度，客观地分析了在新经济形势下实现深度工作的重要性。第二部分则系统地传授了在日常生活中践行深度工作的具体策略，如将深度工作纳入日常工作进程、提高大脑的深度思维能力、远离社交网络等。

本书作者、麻省理工学院计算机博士卡尔·纽波特，尖锐地道破了信息经济时代的惊人真相——知识工作者 60% 以上的工作时间都花费在处理庞杂事务上，这将会永久性地损害人们深度工作的能力。在这个以快为先的网络时代，深度工作能力日益稀缺，所以它也变得比以往任何时代更有价值。

2. 戴维·希普勒《穷忙》

洗车工辛苦一辈子却买不起一辆车，银行职员的户头只有几美元，出版社编辑十年的收入也赶不上一个牙医……为什么人们越穷越忙，越忙越穷？普利策奖得主、美国作家戴维·希普勒（David K. Shipler）聚焦美国“穷忙族”，挖掘了一部分“看不见的美国”。

这本书讲述的就是这些低收入人群的故事：他们的生活、梦想、失败。他们苦苦挣扎，筋疲力尽，找不到出路。他们没有办法用工资来改善生活，脱离贫困，相反，他们为生活所累。人们常常用“穷忙族”来形容他们，而这个词本身就是个矛盾，常规意义上来说，辛勤工作的人不应该贫穷。

但贫富差距依然在与日俱增，形成两级分化的局面。只有去了解贫困的成因，才知道如何解决贫困问题。

3. 史蒂芬·柯维《高效能人士的七个习惯》

《高效能人士的七个习惯》是商界最经典、最著名的一部培训教材，世界500强企业必备培训课程。奥巴马、克林顿、普京、李开复、汤姆·彼得斯、世界领导力大师沃伦·本尼斯、世界潜能大师博恩·崔西、《一分钟经理》作者肯·布兰佳、世界第一潜能专家安东尼·罗宾、华人成功学权威陈安之、《纽约时报》、《福布斯》、《财富》、《商业周刊》、《经济学人》、《哈佛商业评论》鼎力推荐阅读。

《高效能人士的七个习惯》不仅是企业、组织机构，更是个人获得自我提升的人生必修教材。史蒂芬·柯维（Stephen Richards Covey）博士总结概括出高效能人士“七个习惯”的核心思想和方法，为读者带来自我提升体验。用最少的时间，参透高效能人士的持续成功之路。

4. 戴尔·卡耐基《人性的弱点》

戴尔·卡耐基（Dale Carnegie, 1888—1955），20世纪最著名的成功学导师，被称为美国“成人教育之父”。本书为“戴尔·卡耐基成功学教育全书”其中的一册，也是世界上最畅销、最经典、最实用的为人处世参考书。20世纪早期，美国经济陷入萧条，战争和贫困导致人们失去了对美好生活的愿望。而卡耐基独辟蹊径地开始了一套融演讲、推销、为人处世、智能开发为一体的教育方式，他运用社会学和心理学知识，对人性进行了深刻的探讨和分析。他讲述的许多普通人通过奋斗获得成功的真实故事，激励了无数陷入迷茫和困境的人。

5. 丹尼尔·戈尔曼《情商》

丹尼尔·戈尔曼的《情商》一书不仅打破了长久以来智商的天生决定论，更为心理学界探讨已久的“情绪智慧”问题提出关键性的解释。他认为，由于没有考虑到对人类行为产生重大作用的一系列关键能力，我们对人类智力的理解存在很大的局限。

本书出版十几年以来，“情商”研究成为快速发展的领域，“情商”这一术语已成为人们的日常用语。作者利用大脑与行为科学的突破性研究，分析出高智商的人表现不佳、普通智商的人表现出色的影响因素。这些因素包括自我意识、自律和同理心，它们不是天生固有的，却能为我们提高智力另辟蹊径。情商成形于我们的童年时期，但可在成年时期得到培育和加强——这对我们的健康、人际关系以及工作将会产生直接益处。

6. 古斯塔夫·勒庞《乌合之众：大众心理研究》

古斯塔夫·勒庞（Gustave Le Bon，1841—1931）是法国著名社会心理学家。他在《乌合之众》中极为精致地描述了集体心态，对人们理解集体行为的作用以及对社会心理学的思考发挥了巨大影响。《乌合之众》在西方已印至第29版，其观点新颖，语言生动，是群体行为研究者不可不读的佳作。

《乌合之众》是解析群体心理的经典名著，语言生动流畅，分析鞭辟入里。一经问世，便广受欢迎，被译成十几种语言。它颠覆了人们通常对群体的认识，将群体的特点剖析得淋漓尽致，让人先是惊异，后是佩服。

作者层层分析，明确指出个人一旦融入群体，个性便会被湮没，群体的思想便会占据绝对的统治地位；而与此同时，群体的行为也会表现出排斥异议、极端化、情绪化及低智商化等特点，进而对社会产生破坏性的影响。《乌合之众》是社会心理学领域中最具影响力的著作，深刻思考群体行为并意欲有所作为的人们都应该读读这本书。

7. 斯蒂芬·P. 罗宾斯《管人的真理》

关于管理，最行之有效的方法是什么？哪些传统思想其实是完全没价值的？快乐的员工就一定能干吗？有经验的领导者就更优秀吗？为什么团队常常产生负协同效应？

斯蒂芬·P. 罗宾斯（Stephen P. Robbins）教授是管理学和组织行为学权威，他的书在世界数百所大学及许多企业中被广泛采用。他从最重要的管理学研究中为我们提炼出59条行之有效的真理和“最好的”方法，内容包括招聘、激励、领导、沟通、团队建设、绩效评估和应对变化等，使本书成为一本管理者“必备用书”。它有助于管理者获得领导、管理、人员方面的实用、可靠并且有效的信息，同时它也有助于基层员工向上了解管理者的逻辑和工作方法。你不必研读艰深的教科书或是参加培训课，一样可以学到通俗易懂的管理类知识。

8. 马蒂 · O. 兰尼《内向者心理学》

这是美国内向性格研究权威马蒂 · O. 兰尼博士的一本书。这本书不仅是写给内向者的书，也是写给外向者和模糊性格者的。内向者，自卑于自己的敏感和怯懦，却看不到自己的冷静独立、谨慎专注。外向者的外向，很可能是误判，因为每三人中至少有一个内向者。模糊性格者不仅对自己缺乏正确认知，更无法找到舒适的生活和工作方式。

本书旨在强调，内向者本该更擅长领导力、影响力和创造力，前提是要懂得发挥内向的优势。作者用大量精彩的故事、通俗的语言教会内向者放松身心、管理精力，并学会在婚姻关系、亲子教养、工作职场等方面都能自如应对，扬长避短，发挥内向性格弥足珍贵的优势。

9. 久世浩司《抗压力：逆境重生法则》

这是比学历和智商更重要的"抗压力"锻炼法，也是日本商业精英首选抗压指南；既是让松下幸之助和乔布斯受益匪浅的积极心理学诀窍，也是世界知名大企业都在应用的人才培训课程。

本书作者久世浩司，设立了日本首家面向社会人士的积极心理学学校，将积极心理学应用到商务领域，对商业精英们进行培训，其中最主要的便是"抗压力"锻炼法。

本书一反常态地告诉读者，强制性的积极乐观未必都是好事，掌握在逆境中直面消极情绪和压力的技巧更为重要。作者久世浩司从他在世界500强公司宝洁的多年工作中总结经验，提出了在著名商学院里也无法学到的道理——"抗压力"的重要性。他针对现代人容易遇到的种种压力来源与情况，提出了培养抗压力的七大实用技能，这些诀窍也是他在日本积极心理学学校面向大众进行培训时教授内容的精华所在，可以让任何人受益终生。

10. 马歇尔·卢森堡《非暴力沟通》

书的名字来源于作者马歇尔·卢森堡博士发现的一种沟通方式，依照这种方式谈话和聆听，能使人们情意相通，和谐相处，这就是“非暴力沟通”。

也许你会觉得“暴力”离我们的生活很远，但如果你稍微留意一下现实生活中的谈话方式，言语上的指责、嘲讽、否定、说教以及任意打断、拒不回应、随意评价给自己和他人带来的精神创伤，远比肉体的伤害更令人痛苦。语言暴力让人与人之间变得冷漠、隔阂。

非暴力沟通是通过建立联系，使人与人之间能够理解并尊重彼此的需要，然后一起寻求方法满足双方。

马歇尔·卢森堡博士在促进人类和谐共处方面有着突出成就。他发展出极具启发性和影响力的非暴力沟通的原则和方法，不仅教会人们如何使个人生活更加和谐美好，同时也解决了众多世界范围内的冲突和争端。

李筱懿

作家，媒体人。

著有超级畅销书《灵魂有香气的女子》《美女都是狠角色》
《先谋生，再谋爱》《在时光中盛开的女子》等。

2014 年 7 月，
与搭档陶妍妍共同开设女性主义原创自媒体矩阵“灵魂有香气的女子”，
包括系列图书、公众号、广播、视频，分享生活微智慧，输送情感正能量，
与 260 万城市女性共同成长。

情商是什么？

——关于生活智慧的 44 个故事

产品经理 | 何　娜　　装帧设计 | 王　雪

技术编辑 | 白咏明　　策 划 人 | 王　誉

图书在版编目（CIP）数据

情商是什么？：关于生活智慧的44个故事 / 李筱懿著. -- 杭州：浙江文艺出版社, 2018.1（2019.9重印）
ISBN 978-7-5339-5109-2

Ⅰ. ①情… Ⅱ. ①李… Ⅲ. ①散文集－中国－当代
Ⅳ. ①I267

中国版本图书馆CIP数据核字（2017）第293739号

责任编辑 金荣良
装帧设计 王 雪

情商是什么？
——关于生活智慧的44个故事
李筱懿 著

出版 浙江文艺出版社

地址 杭州市体育场路347号 邮编 310006
网址 www.zjwycbs.cn
经销 浙江省新华书店集团有限公司
果麦文化传媒股份有限公司
印刷 河北鹏润印刷有限公司
开本 880mm × 1230mm 1/32
字数 205千字
印张 8
插页 2
印数 585,001-610,000
版次 2018年1月第1版 2019年9月第18次印刷
书号 ISBN 978-7-5339-5109-2
定价 39.00元